逃げる女

青木俊
Shun Aoki

小学館

逃げる女

目次

装丁　bookwall
写真　(c) Zhu Qiu/EyeEm/amanaimages

逃げる女

序章

初夏の北海道の透き通るような青空が広がっている。ゆるい丘陵の谷間を、分けるように延びる道路は、陽光を弾《はじ》いて銀色に輝く。道の両岸のなだらかな斜面には、麦とジャガイモの畑が交互に並んで、淡い緑と濃い緑のパッチワークがはるか地平線まで続いている。

少し黄ばみ始めた麦の穂先に、小さな赤い斑点が散っていた。その下の乾いた路面に血だまりが尾をひいている。アスファルトにこびりついた幾筋もの柘榴《ざくろ》色の轍《わだち》は、やがて二筋になって東に向かい、二〇〇メートルほど先で消えていた。

現場は、三笠《みかさ》から栗山《くりやま》に向かって南下する道道30号線上、夕張《ゆうばり》の手前二〇キロほどの地点で、通報を受けて臨場した栗山署の交通課員たちがまず発見したのは、道路に転がる若い女の死体と、真っ二つに割れた白い自転車だった。路上に子供を乗せる自転車用のバスケットがあったことから、辺りを捜索すると、五〇メートル先のジャガイモ畑の中で、幼児の死体がみつかった。空中を高く飛び、土中に突き刺さるように叩《たた》きつけられた遺骸は、褐色の小さな肉塊と化していた。道路はわずかな起伏があって、ゆるい勾配を猛スピードで駆け上がってきた車が、坂の頂上付近で、横断中の自転車をはねたと推測された。

女の死体の様子から、ただの轢《ひ》き逃げ事件ではないと即断された。死体は、二度轢かれていた。おそらく、事故の発覚を恐れた加害車両の運転者が、虫の息の被害者を轢き殺したのだ。

現場からの報告を受けた栗山署は、ただちに札幌の北海道警察本部に応援を要請した。北海道警本部を緊急出動した十台の警察車両は、サイレンを盛大に吹鳴《すいめい》しながら道央自動車道に乗り、さらに速力を上げて栗山にむかって疾走した。

二〇〇四年六月二十七日の出来事である。

第一章
逃亡

1

十九年後。二〇二三年、十月六日。

正午前の透明な光が、丹精された大輪の白菊に当たっている。菊のある陽《ひ》だまりの位置が、さっき見た時よりわずかに動いて、時間の経過を物語る。抜けるような晴天だが、柔らかな陽《ひ》射《ざ》しの色はもう晩秋のものだった。

秋の日の、ヴィオロンの……、か。生方吾郎《うぶかたごろう》は、柄にもなく昔の詩の一節を思い出して、煙草《タバコ》を小さなアルミ製の携帯灰皿で揉《も》み消した。

見事な菊の一群は、コスモスや曼珠沙華《まんじゅしゃげ》とともに、札幌《さっぽろ》市東区にある「和みメモリアルパーク」の駐車場の花壇に咲いている。北海道の秋は、せいぜい十月半ばまで。二十日を過ぎれば大気は急速に冷え込み、長い憂鬱な冬が来る。

〈なに、形ばかりの調書でいいのさ。証拠《ブツ》はある。動機をそれらしく仕立て上げれ〉

ガラガラとした塩辛声が脳内に響いた。

〈仕立て上げれって、チョーさん、それは……〉

〈したら、まとめ上げれ。要は、ポーズだ、検察向けの。先月の小樽《おたる》に続いてまた自白調書なしですかって、検事はヘソ曲げるに決まってんだ。その前に、やることたあ、やりました。ウチも落としの名人を投入しまして、ってな。そう恰好《かっこう》つけたいだけよ〉

昨夜遅く、西南署の署長、長井努《ながいつとむ》と電話で交わした会話だ。

〈な、ゴロさん、このヤマで気イ張ることたあねえ。無難に乗り切ってくれればいいんだ。お前さんも大事な時だ、いいな、ゆめゆめ、上とぶつかるんでねえぞ〉

最後に叱るように言って、長井は電話を切った。

目の前の菊の花から視線を逸らして、生方は息をついた。確かに、このヤマは途中参加の、いわば代打だ。気張るつもりはない。とはいえ、「仕立て上げ」などできようもなく、何がしかの供述を取らねば調書は巻けない。長井努は警察学校の同期で、巡査の頃から一緒にやってきた無二の親友だ。その後、鮮やかに出世した長井はいまや署長で警視正、一方、生方はいまだ捜査一課のヒラ刑事で、階級は警部補だ。

「ゴロさんも五十だ。いつまでも現場で落とし屋ってわけにもいかないべ」

それが長井の口癖で、生方を来春には本部の刑事企画課に異動させ、その後、警部にしようと画策している。〈大事な時〉とはその意味だ。長井の前職は本部の警務課長、企業でいえば人事課長のようなものだから、その辺りの根回しはお手のものらしい。

警察は、警部からが管理職だ。警部になれば、定年後も、安全協会とか何がしかの天下り先が確保できる。警察官もサラリーマン、先行きは気にかかる。

内勤の刑事企画課など、考えただけで気が滅入るが、かといって捜一（捜査一課）にいつまでもいられるわけではない。長井の尽力が実らなければ、どのみち来春には飛ばされて、根室《ねむろ》やら知床《しれとこ》やら、道内の署を転々とし、どこかでひっそりと定年を迎える。いずれにせよ、生方の刑事《デカ》人生は、近々終わる。

〈焼香、間もなくです。マル被、会場最後部にいます〉

左耳に突っ込んだ刑事用Pフォンのイヤホーンから、溝口直子《みぞぐちなおこ》の囁《ささや》くような声が響いて、生方のしけた想念を断ち切った。直子の声の背後に読経《どきょう》が聞こえる。生方は胸ポケットに入れたPフォンを指先で軽く叩いた。〈了解〉の合図だ。

マル被とは被疑者のことだ。

久野麻美《くのあさみ》。

それが本件被疑者の氏名で、二時間後には殺人の逮捕状が発付される、二十七歳の女である。やや浅黒い、整った顔立ち。だが、薄い唇は強固な反抗の意志を示して引き結ばれ、切れ長の両眼《りょうめ》には、激しい拒絶の光が浮いている。麻美は生い立ちが不幸な女だ。世の中全部を敵に回しているかのような頑《かたく》なな表情は、たぶん、その影響もあるのだろう。

よし、行くか……。生方は、麻美の顔を振り払うと、花壇に背を向けて「和みメモリアルパーク」のエントランスに向かって歩き出した。

北海道の葬儀場は、降雪を避けるため、長方形の建物の中央下部が四角くくり抜かれた構造で、その内側の壁面にエントランスがある。薄くスモークのかかったガラスの自動ドアが開くと、むせるような花輪の匂いが漂った。

一階ロビーに群れた喪服姿の人々の間を抜けて、エレベーターで二階の葬儀場に上がる。

コロナが猖獗《しょうけつ》をきわめていた頃の葬儀はマスクだらけの家族葬や、告別式を行わず火葬のみに簡略化した「直葬」が主流だったが、いまは通常に戻っている。コロナが去って賑《にぎ》わいを取り戻したのは葬儀場も同じだ。

「名倉《なぐら》家　御葬儀会場」の表示を確かめ、重い扉を押すと、読経とともに線香の匂いが鼻腔《びこう》に満ちた。

三十人ほどの参列者がパイプ椅子に座っている。久野麻美は最後部の席に、うなだれるように頭を下げて、細い背中を見せている。

正面の白菊の祭壇に中年の男の遺影がある。面長の知的な風貌。黒縁眼鏡の奥の、細く開いた両眼が、微笑《ほほえ》むことなくこっちを睨《にら》んでいる。この男を殺した女が、いま、弔問客を装って葬儀の列にいる。

事件は八日前の、九月二十八日に発生した。

殺害されたのは、名倉高史《たかし》、四十七歳。職業はフリーライター、翻訳家。名倉は道内の高校を卒業後、早大の理工学部から全国紙の中央新聞に就職、十八年間、記者として勤めた。退職後は主に翻訳を手掛け、時折東京の科学雑誌にＩＴ系の記事を寄稿していたという。東京から故郷の札幌に戻ったのは五年前だ。

殺害現場は札幌市北区北三〇条にある名倉の自宅マンションで、一一〇番通報があったのは、同日午後八時十三分。通報者は久野麻美である。

名倉高史は、２ＬＤＫのキッチンの椅子に座り、テーブルに上体を伏せる格好で死亡していた。死因は脳挫滅。後頭部を棒状の固い物体で複数回にわたって殴打されていた。現場は、辺り一面に血と脳漿《のうしょう》が飛び、脳内に粉砕された頭蓋骨の小片が散らばる、酸鼻を極めたものだった。

凶器は名倉の所有するゴルフクラブで、玄関先に放置されていた。テーブルには名倉の湯飲みが転がり、日本茶がこぼれていた。犯人は、被害者が茶を飲んでいる隙をついて、背後から凶行に及んだ。明らかに顔見知りの犯行で、重いクラブを何回も頭に叩きつける執拗《しつよう》さには、激しい憎悪が感じられた。

部屋の各所から採取された指紋は、名倉以外に七紋。うち特定できたのは名倉の母親のものなど四つだが、もちろん、圧倒的に麻美の指紋が多い。凶器のクラブは血痕と指紋が拭われていたが、パソコンのキーボードや簞笥《たんす》や机の引き出しの取っ手に、麻美の指紋がくっきりと残っていた。また、足の裏の汗や皮脂などから検出される足紋は、麻美と名倉以外のものはなかった。

任意の事情聴取に対して、麻美は犯行を強く否定。自分がマンションに着いた時、すでに名倉は殺されていた、と供述した。

道警は十月一日、二十名の捜査員を増員して、彼女の犯行を裏付ける証拠固めに乗り出した。生方が捜査本部に参加したのもこの時だ。

指紋や足紋以外にも大きな不審点があった。通報時刻だ。麻美から一一〇番通報があったのは、午後八時十三分。しかし、名倉宅から三〇〇メートルほど西にあるローソンの監視カメラが、同日午後七時二十八分、ひとりでマンション方向に向かう麻美の姿を捉えている。名倉宅まで徒歩で五分程度。麻美が犯人でないとすれば、彼女は名倉の惨状を発見してから、四十分間も警察を呼ばず、死体といたことになる。

問題は、麻美と名倉の関係、殺しの動機だ。これがまだ判然としない。麻美はただの知り合いと述べ、男女関係は否定している。

気になるのは、名倉がカネを持っていたことだ。銀行預金は、軽く四〇〇〇万円を超えている。フリーの記者などカツカツが常識だが、名倉の場合、中央新聞時代の貯蓄に加え、翻訳の稼ぎが多かったという。仕事の大半は、外国に進出する中小企業の書類の作成、日本の研究者が海外に発表する論文の手直しで、発注元の東京の翻訳事務所によれば、according to とtherefore を連発する日本人の英文をこなれたものにするのだという。理工系の学部を出てテクノロジーの知識があり、しかも相当な語学力をもつ名倉のような存在は希少だったらしい。

一方、麻美は市内の興信所に勤める調査員で、月給は手取り一七万円程度。麻美がカネ目当てで歳《とし》の離れた名倉と肉体関係を結び、金銭で揉めた可能性は十分ある。

途中参加で、半ば傍観者的に捜査に加わっていた生方が、突然、捜査一課長の伊勢崎《いせざき》に呼ばれたのは昨夜九時過ぎのことだ。

「ゴロさん、ちょっと……」

刑事《デカ》部屋に現れた課長は、いささかバツの悪そうな顔つきで手招いた。

伊勢崎は肥満した躰《からだ》に浴衣のようにだぶついたジャケットをはおっている。布袋《ほてい》顔の、一見好人物に思えるが、なかなかの〝政治家〟だというのが道警内の評判だ。捜一課長にまで昇り詰めるのは、上に絶対服従の小心者か、伊勢崎のような権謀家かのどっちかだ。小心者より権謀家がマシと生方は思っている。

伊勢崎と一緒に、捜査本部の置かれた北警察署を公用車で出て、道警本部に向かった。冷たい夜空に、光の縦列で模《かたど》られた高層ビルが浮上する。道警本部は、地上十八階地下三階、ガラス張りの巨大な建物だ。正面に建つ低層の議事堂や北海道庁を見下し、あたかも道職員や議員たちを威圧するかのように屹立《きつりつ》している。

エレベーターはどんどん上階に昇っていく。警務部のあるフロアーで降りると、伊勢崎は警務部長の部屋を通り過ぎ、照明を落とした長い廊下をさらに奥に進んでいく。

不審の目を向けると、課長は黙ってついて来いと顎で促す。この先には総務課と本部長室しかない。

デスクトップが無造作に並んだ無人の総務課を横切り、伊勢崎は分厚いマホガニーの木扉をノックした。生方は目をむいた。扉の脇の電光板には「在室」を示す青い点灯がある。

〝御前会議〟だ。針金でも通されたように、背筋がぎゅっと緊張する。

「入れ」

中から低い声がし、課長が扉を押し開いた。

広大な執務室の端にある応接セットの真ん中に、濃紺の制服に身を包んだ中背の男がいる。鼻筋が白く通った、いかにも能吏然とした顔立ち。染めているのか、バックになでつけられた頭髪は妙に黒々としている。道警本部長の佐伯英護《さえきえいご》だ。

生方は直立不動で会釈した。佐伯の脇に、カマキリのような痩身の刑事部長が着席している。

通常、事件は三つに分類される。本部長指揮事件、方面本部長指揮事件、署長指揮事件。殺人などの重大事件は本部長指揮事件となるが、それは形式で、実際にはキャリアの刑事部長が捜査本部長になり、現場は捜査一課長や特捜班長などの叩き上げが仕切る。道警本部長が直接、捜査に口を出すことなど例外中の例外だ。

なんでここに俺が……。眼差《まなざ》しをそっと一課長の横顔に向けた。伊勢崎は表情を消した顔で本部長たちを見ている。

「名倉殺し、明日、女を逮捕できるか？」

応接セットに着席するや否や、刑事部長が切り出した。金縁眼鏡の奥の視線は真っ直《ま》ぐ《す》一課長に注がれ、入室してから生方には一瞥《いちべつ》もくれない。刑事部長にとって、警部補など虫けら同然、なんでそんなものがここに居るんだと言いたげだ。

生方の脇で、伊勢崎一課長がむっちりした猪首《いくび》を傾《かし》げた。

「いや〜、もう少し固めた方が」

もそもそと盛んに巨大な尻を動かすのは、腸が弱いせいらしい。逮捕に踏み切るか、任意で聴取を続け周辺を固めるか、それは捜査の岐路だ。情況証拠は十分。だが、殺しの動機がまるで不明だ。

「否認でもいけるだろう？」

刑事部長は押しかぶせる口調になった。

「動機にまったく触れない調書じゃ、検察がごねますよ」

検事は自白調書にこだわる。一課長の台詞《せりふ》の裏には、先月、小樽で金融業者が殺害された事件がある。否認のまま被疑者を送検したところ、いまだ起訴に至っていない。

「といって、このまま任意でにらめっこを続けてもラチはあかん」

刑事部長が尖《とが》った顎先を突き出す。眼鏡の奥の三白眼が苛立《いらだ》たしげに光った。とにかく逮捕して、ガンガン責めて自供させる。これを「叩き割り」という。捜査の実務経験がないキャリアたちは安易に考えがちだが、昔と違って人権意識も高い今はそんなに簡単ではない。

「とにかく身柄を取れ、話はそこからだ」

刑事部長が畳み込んだ。

「いやあ〜」

一課長はしぶとく首を左右に振った。逮捕してしまえば、四十八時間以内に送検しなければならない。通常、どうしても自白を取りたい場合は、任意の聴取を重ねるか、別件で逮捕し、さらにまた違う別件で再逮捕し、これを繰り返して時間を稼ぐ。しかし、久野麻美には別件逮捕する材料が見当たらない。

「別件は無理か」

刑事部長は執拗だ。

「無理です」

一課長は即答した。

「じゃあ、一発勝負だ。四十八時間で落とせ」

「二日で落ちるタマじゃないです」

女のマル被は刑事にとって鬼門だ。男は理詰めで落ちるが、一旦黙り込んだ女はテコでも落ちない。

「そうだろ？」

急に、課長が生方に顔をむけた。チッ。内心で舌打ちした。俺を同伴した魂胆がわかった。要は「頷《うなず》き役」だ。

「はい……」

渋々応えた。

「キミは？」

初めて本部長の佐伯が声を発した。生方に冷たい視線を向けている。無機質なサメのような黒い眼球。

生方が口を開く前に課長が答えた。

「捜一の生方です。以後、彼が調べに当たります」

ぎょっとなって課長を見た。そんな話、まるで聞いてない。

「例の、落とし名人さんか」

本部長が片頬をわずかに崩した。急に人間の顔になる。

「ええ。ここは真打ち投入です」

伊勢崎がニヤリとした。

生方の背筋を寒気が走った。〝頷き役〟じゃなかった。生贄《いけにえ》だ。失敗した場合の……。常に人身御供《ひとみごくう》を用意し、風圧をかわしながら老獪《ろうかい》に警察の階段を這《は》い上がってきた、それが捜査一課長の伊勢崎という男だ。

生方の取り調べに定評があるのは事実だ。情と理の両輪でジワジワ攻めれば、マル被は大抵、いつかは歌う（自供する）。この歳で捜一にいるロートルたちは、みな何がしかの特技の持ち主だ。コンピューターを知悉《ちしつ》している者、調書をまとめる達人、聞き込みの名人、そして落とし屋……。

「できるかね？」

本部長が冷え冷えとした顔に戻って目をすえてきた。

「はあ……なんとか」

それ以外答えようがない。

「否認の送検でもいいと思ってもらったら困る。なんとしても落とせ。四十八時間以内に、だ。いいな」

ねじ込むような語調がすべてを決した。本部長は道警の天皇だ。反論の余地など塵《ちり》ほどもない。

それにしても……。捜査本部のある北署に戻って、生方は首を傾げた。

何ゆえ、本部長の佐伯が乗り出してくるのか。事件は、おそらく男女の痴情か金銭のもつれ、ありふれたものだ。本部長がお出ましになるような事案じゃない。刑事部長もおかしい。嫌疑濃厚とはいえ、証拠固めに入ってわずかに五日、捜査は緒《ちょ》についたばかりだ。なぜ、そんなに逮捕を急ぐのか……。

もう一度捻《ひね》った首が、カクッと嫌な音をたてた。

「和みメモリアルパーク」の葬儀場では、参列者の焼香が始まっている。親族に続いて、会葬者たちが、順次、中央の列に並び、やがて麻美も立ち上がった。座っていた時のうなだれた様子と違って、背筋をピンと伸ばして歩く。まるで何かに立ち向かうかのように。麻美が被疑者となっていることは、まだ遺族には伏せている。この女が殺人者と知る者は、この会場には生方らしかいない。生方は、素早く前方に移動した。

麻美が遺影の前で深々と頭を下げる。そして焼香を終えると、顔を上げ、まっすぐに遺影を見つめた。黒々とした両眼が、一瞬、強い光を放った気がした。

生方はその横顔を注視した。

麻美の薄い唇が、遺影に語りかけるようにかすかに動いた。

何だ？　生方は訝《いぶか》しく目を細めた。殺した男への詫《わ》びの言葉か、己の懺悔《ざんげ》か、それとも憎しみの捨て台詞か。

麻美は再び頭を下げると、身をひるがえして遺族に向かって一礼した。その手で殺《あや》めた男の遺族に……。

麻美がゆっくりとした足取りで席に戻っていく。

睫毛《まつげ》を伏せたその表情を凝視した。広い額に前髪がかかり、顔は青ざめている。だが、色艶のない唇は、何か決意を秘めたかのように固く引き結ばれている。洋装の喪服の胸元から覗《のぞ》く肌が妙に艶《なま》めかしく光った。一見、悲しみに耐える喪服の美女だが、生方には、黒衣を纏《まと》った悪魔に映る。欲望でも怨恨でも、何かに取り憑《つ》かれた人間の恐ろしさを、いくつも見てきた。麻美の瞳が狂的な光を宿して見開かれ、口から野獣のような咆哮《ほうこう》を上げてクラブを振りかざす光景が脳裏を走る。

女は、なぜ、わざわざ殺した男の葬儀に参列したのか？　理由はわからない。自分への疑いを和らげるため、とも考えられる。だが、最後の最後に死者を嘲笑するため、もしくは遺族を愚弄するため、その可能性も排除できない。

であれば——。

生方はそっと唇を噛《か》んだ。

落としてやる。固い戦意のようなものが、むらむらと立ち上がってくる。

〈このヤマで気イ張るこたあねえ。無難に乗り切ってくれればいいんだ〉さっきまで頷いていた長井の言葉が、もう完全に吹っ飛んでいる。極悪非道の下手人と面と向かえば、否応なしに闘争心が沸き上がる。それが刑事《デカ》の性《さが》だ。今回は途中参加とはいえ、情況証拠から見て麻美が本ボシであることは間違いない。

「手強そうですね、彼女」

いきなり、首筋に息がかかるくらいの間隔で声がして、生方はぎょっとふり返った。いつのまにか溝口直子が立っている。絞りの利いた黒のパンツスーツに白のシャツ。突き出た胸が生方の二の腕の辺りに触れそうで、慌てて横にずれた。

「あっち行け」と言いかけて、やめた。直子には生方との距離など意識の外、目は一心に麻美の顔に注がれている。

溝口直子は所轄の札幌北署の駆け出し刑事だ。身長一七〇センチと大柄で、学生時代はラクロスの選手だったという。巡査になって六年目、去年、刑事課に配属された。昨夜、道警本部での御前会議の後、伊勢崎課長は生方に五人の捜査員を付けた。直子はその一人だ。

捜査本部というのは、実はテレビドラマで描かれるような精鋭集団ではない。主に道警本部の捜査一課から来る生方らと所轄の刑事課員からなるが、今回のように規模が大きく、途中で増員するような場合は、ハコヅメと呼ばれる交番の勤務員を動員し、交通課などからも人員を引っぺがしてようやく成立する。いわば寄せ集めの臨時組織で、おまけに他の事件も抱える所轄は人を出し渋るから、直子のような新米を回してくる。

「大丈夫かな……」

不安げに呟《つぶや》いたあと、直子が眼差しを生方に向ける。逮捕後四十八時間以内に自白調書を巻く、それが生方たちの至上命題だ。

麻美が席にもどると、ほどなく参列者たちが立ち上がった。

〈間もなく出棺です。マル被も会場を出ます。各員、車両で待機してください〉

溝口直子がPフォンで、周囲の刑事たちに伝える。

「任同かけなくていいんですか？」

直子が念を押すように、生方の顔を覗き込んだ。任意同行を求めて身柄を署内に確保し、その後に逮捕状執行、それが定石だが、麻美には札幌でも名うての〝人権派弁護士〟がついている。素直に任同に応じるとは思えない。実際、これまで何度も拒否し、その度に弁護士が電話でがなり上げてきた。興信所勤務の麻美には法律の知識がある。

「どうせ拒否する。逮捕状を待とう」

逮捕直前にわざわざ騒ぎを起こしたくない。

親族たちがゾロゾロと階下のロビーに降り、エントランスから出ていく。

生方も直子とともに葬儀場の建物を出た。太陽は高く南に上がり、外光が眩《まぶ》しい。周辺で待機していた刑事たちがバラバラと捜査車両に乗り込む姿が見える。

麻美は自宅にタクシーを呼んでここに来た。そのタクシーを葬儀場の駐車場に待たせている。

車両二台、六人の刑事で尾行する。

リムジンの霊柩車《れいきゅうしゃ》が車寄せに滑り込み、柩《ひつぎ》が入り、名倉の両親が乗車した。その他の親族はマイクロバスで火葬場に向かう。

麻美は見送りの参列者から離れ、ひとりタクシーに乗った。

〈マル被、タクシーに乗車〉

直子がＰフォンに告げる。

捜査車両の旧型のクラウンが寄ってきた。生方が助手席に、直子が後部座席に飛び込む。生方が助手席に乗るのは尾行を指揮するためだ。見通しがよく、無線がとれる。

麻美を乗せた黒塗りのタクシーは、霊柩車とマイクロバスの出発を待ち、あとに続いて「和みメモリアルパーク」の正門を出た。

直ちに追尾を開始する。

タクシーは霊柩車の後を追うように、国道5号線を西に進んで行く。遺族たちは手稲《ていね》区にある山口斎場を目指す。葬儀場から直線距離で一二キロ、四十分ほどの距離だ。

「どこへ行こうとしてるんだ」

生方は呟いた。麻美のタクシーの行先だ。自宅とは正反対の方向。焼き場に行くのは限られた親族のみ、麻美が同行するわけがない。

「逮捕状はまだか？」

わずかに首を捻って、後部座席の溝口直子に訊《き》いた。

「えーと、さっき聞いたら、裁判官を急《せ》かしてるそうですけど、発付は二時頃になるかもです」

化粧っけの薄い顔の、鼻の頭に汗の粒が浮いている。

霊柩車はＪＲ札沼《さっしょう》線を越え、新川《しんかわ》の辺りに入った。麻美のタクシーは、いつしか霊柩車と親族を乗せたマイクロバスの間に入っている。タクシーの後ろにもう一台のセダン。二台の捜査車両は、生方らがマイクロバスの直後、もう一台はさらに二台の車を挟んだ後方にいる。

道路が混雑し始めた。停留所からJR北海道のバスが強引に発進し、捜査車両の前面を塞いだ。麻美の乗ったタクシーまでバスを含めて三台の車両がいる。

チッ。生方は軽く舌打ちし、「もっと詰めろ」と、ステアリングを握る藤木《ふじき》に言った。

その直後、タクシーがウインカーを出し、するすると左に寄せて停止した。後続車のバスが腹立たしげに、クラクションを一発鳴らした。タクシーのドアが開いて、喪服姿の麻美が降り、小走りに通り沿いのコンビニに駆け込む姿が見えた。

すかさず、直子が後部座席から飛び出した。コンビニまで五〇メートルほどの距離。直子は長い脚で大股に走っていく。後続車両からも大場《おおば》と伊藤《いとう》の両刑事が出て直子を追った。

生方は車を降りてタクシーに歩み寄り、コツコツと窓を叩いた。

「はあ？」

初老の運転手がウインドーを降ろした。

警察手帳を見せる。

「お客さん、どうしました？」

「ト、トイレです」

後部座席のシートに、黒色のコートが置かれている。

生方はぐるりと辺りを見回した。コンビニはテナントビルの一階で、両隣を中層のマンションに囲まれ、その先は中学校だ。

溝口直子はコンビニに飛び込むと、さっと店内を見回し、レジの店員に訊いた。

「いま駆け込んできた女の人は？」

「喪服の？　トイレ。裏を出て左、ビルの奥」

店の裏口から店外に出ると、ビル内の細い通路の三〇メートルほど先に、トイレのマークが見えた。その手前に、右に折れる細い脇路《わきみち》がある。

人気《ひとけ》のない通路を進んで女子トイレのドアを開けた。がらんとして、無機質なタイルだけが白々と光っている。

便所の扉は全部開いている。

えっ……。

直子の背筋に、ひやりと刃物を当てられたような感覚が走った。身を翻して通路を駆ける。顔からどんどん血が引いていく。細い脇路を曲がった。その先はガラス扉の通用口だった。

しまった！

同時にキーッとタイヤが軋《きし》む音がして、疾走する白いデミオが視界に映った。一瞬、後部座席に女の横顔が見えた。

あああ！　思わず膝が崩れそうになった。

「マル被が逃げました！　通用口から、白のデミオ！」

Pフォンに向かって泣くように叫んだ。

溝口直子の悲鳴に近い絶叫が、生方の耳をつんざいた。弾けるように捜査車両に駆け戻り、運転席の藤木に怒鳴った。

「出せ！」

車が急発進する。生方は窓を開いて足元の赤色灯を車のルーフに貼りつけた。サイレンが唸《うな》りを上げる。

捜査車両は街路を直進する。デミオを追跡しようにも左側は中学校の校庭で左折できない。

「クソ！」

生方は歯を軋ませた。まさか、麻美はそこまで考えていたのか。

Pフォンを取り出し、一課長の伊勢崎を呼び出すと血を吐くように叫んだ。

「緊配張って下さい！　久野麻美が飛び（逃げ）ました。新川です！　車で逃走中！」

「なに〜！」

野獣を締め上げたような、呻《うめ》きとも唸りともつかぬ声が聞こえた。真っ赤に紅潮した肉厚の顔が浮かぶ。

伊勢崎は天でも仰いだのか、わずかの間を置いて掠《かす》れた声を絞り出した。

「えれえこったぞ、こりゃあ」

生方の目に「なんとしても落とせ。四十八時間以内に、だ。いいな」とねじ込むように言った佐伯本部長の顔がよぎった。

本部長が直々に指揮した重要事案、そのホシが逃げた。本部長の意思はそのまま北海道警の意思だ。現場はなりふり構わず麻美を追うことになる。

「車は白のデミオです。場所は北区新川二条、新川第一中学校付近。北へ向かっている模様」

口蓋にへばりつく舌を、引っぺがすようにして生方は報告した。

「わかった。俺は上に（報告に）行く。緊配張った後、ゴロさん、お前さんが直接、無線司令に指示しろ。もたもたできねえ、帳場（捜査本部）は飛ばせ。その代わり、二時間以内に身柄を押さえろ」

「はい」

「いいか、二時間だ。わかったな！」

叩きつけるように言って、伊勢崎は通話を切った。すぐに司令センターから無線が流れてきた。

〈本部から各局、各移動。尾行中のマル被が車両にて逃走。車種は白のデミオ。場所は北区新川二条、新川第一中学校付近。北へ向かっていると思われる。マル被は女。氏名は久野麻美、二十七歳。各移動にあっては発見次第追跡、身柄を確保されたい。繰り返す――〉

札幌市内の全パトカー、二百五十台が一斉に動き出す。

自動車警邏《けいら》隊の立花幸夫《たちばなゆきお》巡査長と三雲武《みくもたけし》巡査の乗るパトカーが、疾走する白のデミオを捉えたのは、指令の受信から八分ほど経ってからで、北二番橋の付近だった。デミオは国道23

1号線を猛スピードで北上している。

直ちにサイレンを吹鳴し、追跡を開始した。

〈移動三〇三から本部どうぞ。白のデミオを発見。追跡中。位置は――〉

司令センターへの報告は、同時に他のパトカーも受信する。すぐに近隣のパトカーがこぞって急行して来る。市内百カ所に張られる検問も間もなく態勢を整える。

デミオは片側二車線の大通りを、赤信号を突破して逃げて行く。ステアリングを握る三雲巡査の運転は巧みで、交差点手前で一瞬速度を落とし、すぐに滑らかに加速してデミオを追う。

逃げ切れると思ってるんか！

立花は胸の中で呟いた。

デミオは尻を振るように、篠路《しのろ》二丁目の交差点を右折した。

立花のパトも曲がる。遠くで複数のサイレンが響き出した。無線を聞いたパトたちだ。

立花はＰフォンを取り出して、司令センターが送ってきた被疑者の顔写真を呼び出した。額の広い、切れ長の眼の女の顔が現れた。この写真はいまや札幌中の警官のＰフォンに送られている。

デミオとの距離が一〇〇メートルほどに縮まった。

〈白のデミオ、止まりなさい！〉

拡声器で呼びかける。

デミオは緩く湾曲した道路を東方向に逃げていく。

突然、後方で大きくサイレン音が響いた。別のパトが迫ってくる。

「よし、行くべ！」

立花は三雲に声をかけた。三雲が車線を変えて左に出、アクセルを目いっぱい踏み込んだ。デミオを追い越し前方に回り込む。二台でデミオを挟んで停止させる。

並びかけようとするパトに気づいたのか、デミオが必死に速度を上げる。

その時、前方の交差点から、さらに別のパトがデミオの寸前に鼻先を突き出した。デミオは急ハンドルで躱《かわ》したが操舵《そうだ》を失い、交差点を越えて反対車線のガードレールに右前面から突っ込んだ。ドン！　という衝撃音の後に、車体はスピンしながら再び車道を横切り、左側のガードレールにぶつかって停止した。

立花はパトから飛び出した。

「降りろ！」

デミオの窓ガラスを拳で叩いた。三台のパトからも警官たちが走り出てくる。

運転手は不敵な面構えの三十過ぎの男で、左手で頭を押さえながらドアを開いた。

立花巡査長は、さっと車内を見回した。

女がいない、被疑者の女が。

後部座席に喪服の上着が脱ぎ捨てられ、床にはエナメルの黒靴が転がっている。

「女はどうした！」

男の胸ぐらをつかんだ。

男はニッと歯を剝《む》いて笑った。

「知らねえな」

麻美が乗っていない。司令センターからの報告に生方たちは蒼白《そうはく》になった。

麻美はどこかで降りたのだ。パトがデミオを捕捉する前に。全身の毛穴から冷たい汗が噴き出してくる。逮捕寸前の被疑者に逃げられるとは大失態だ。捜査車両の後部座席では、溝口直子が背を丸め、死んだように膝頭に額をくっつけている。

麻美はどこかの潜伏先に駆け込んだのか、それとも別の車に乗り換えたのか。

「市内のタクシーに無線で麻美のニンチャク（人相と着衣）を流せ。バスもだ」

傍らの藤木刑事に命じた。

「喪服、脱いじゃってますが」

「顔と髪型、年齢の情報だけでいい。近隣の鉄道駅にも連絡しろ」

「はい」

「情報支援室に、顔認証に麻美のツラぶち込んで、街頭のカメラと照合するよう要請しろ」

「了解」

顔認証システムは、警察庁と民間の情報システム会社が共同で開発したものだ。街頭の監視カメラが捉えた映像データが各警察本部の情報支援室に蓄積され、そこに容疑者の顔写真を三次元顔形状データに変換したものを入れて照合する。ヒットすれば容疑者の足跡が判明する。

ただ、警察本部とデータ回線で結ばれた街頭カメラの数は、まだそれほど多くない。

「地下鉄……」

溝口直子がムクリと起き上がった。バッグを手荒く搔《か》きまわして地図を取り出す。

「ここです」

直子が、広げた地図の一点を指先で差した。

「麻美が逃走車両に乗ったのが新川二条。パトがデミオを最初に発見したのは、国道231号線の北二番橋の辺りです。この間にあるJRの駅は新琴似《しんことに》と太平《たいへい》ですけど、太平には七、八分、新琴似でも六分はかかります」

パトがデミオを発見したのは通報から八分後だ。

「新川第一中学付近から北に走り、東に曲がれば地下鉄南北線が走る通りに出ます。飛ばせば三分で行けます。麻美はそこでデミオを降りて南北線に乗った……」

「ふん」生方は指で顎を擦《こす》った。

「電車に乗ったとは限らねえ」

藤木が不快そうな声を上げた。

「でも……」

「新川第一中学から最も近い地下鉄の駅は？」

生方は直子に訊いた。

「麻生《あさぶ》駅か、北34条駅です」

あっと、小さな声と同時に直子の頬に赤みが差した。

「南北線の監視カメラは、全部蓄積型です。覗いてもらえば！」

地下鉄南北線の監視カメラは、データが常時道警本部に送られて来るタイプではないが、蓄積型であればカメラが個別に貯《た》めたデータを情報支援室が覗きにいくことはできる。支援室は直ちに両駅のカメラの照合を行い、「麻生駅のプラットホームカメラの映像に麻美の顔データがヒットした」と連絡してきた。麻美は、十三時〇九分、地下鉄「さっぽろ駅」方面に向かうホームに立っていた。ベージュのジャケットに白のインナー、スカートは黒色の喪服のままだ。肩にグレーのデイパックを提げている。

「さっぽろ駅だ！　麻美はさっぽろ駅に向かってる」

「麻生駅のさっぽろ駅行きの電車は十三時十二分発です。さっぽろ駅までの所要時間は十分！」

生方は時計を見た。十三時三十分。八分前には麻美は地下鉄のさっぽろ駅に到着し、遅くとも五分前にはＪＲ札幌駅の構内に入ったはずだ。

麻美はＪＲで飛ぼうとしている。

「本部に連絡、札幌駅の全改札を封鎖しろ！」

道警本部の対応は迅速だった。直ちにＪＲ札幌駅北口にある詰所から十名の鉄道警察隊員が飛び出した。二分後には、東、西の両改札を封鎖。応援に駆けつけた近隣所轄の制服警官たちが、改札口とホームにずらりと並んだ。封鎖解除後も、自動改札機を三つに絞って、通過する乗客の顔をくまなくチェックする。

本部の情報支援室は、ＪＲ札幌駅構内の複数の監視カメラが、麻美がコンコースを歩く姿を捉えていると連絡してきた。麻美が札幌駅にいることが確実になった。

札幌駅に向かう車中で、生方は車載の無線から司令センターに叫んだ。

「問題は新千歳《しんちとせ》空港から本州に飛ばれることです。新千歳空港駅の改札を封鎖して下さい。快速エアポートに警乗員がいれば、車内捜索を要請」

〈了解〉

絶対的優先事項は、麻美が道外に出るのを阻止することだ。道外に出すことは、魚を大海に逃すことを意味する。

「新千歳空港の国内線の手荷物検査場をひとつに絞って、警備中の警察官に乗客の顔とマル被の顔を逐一照合するよう要請」

〈了解〉

「空港警察員を全搭乗スポットに配置。航空各社のカウンターにマル被の顔写真を配布、照合を要請」

〈了解〉

「国際線は、パスポートコントロールに照合を要請」

〈了解。直ちに入管に連絡する〉

「次は新幹線。新函館北斗《しんはこだてほくと》駅と木古内《きこない》駅の新幹線改札の封鎖を要請。そこを閉めれば列車で本州に行くことは出来なくなる」

〈了解〉

北海道と本州を行き来する旅客列車は新幹線のみで、在来線は新幹線開通と同時に廃止されている。

「フェリーは、苫小牧《とまこまい》、小樽の各駅と港で改札照合を実施。順次、他の港に拡大」

〈了解〉

「道内のその他の空港、函館、釧路《くしろ》、女満別《めまんべつ》、旭川《あさひかわ》、帯広《おびひろ》などは、マル被が到着するには時間があるので、一時間後を目途に、新千歳と同様の警戒態勢を敷くよう要請」

〈了解〉

これで、空、陸、海の道は遮断した。列車でどこに行っても、本州へは渡れない。

道内から出すな。これが北海道での被疑者手配の鉄則だ。間もなく凍《い》てつく冬が来る。北国では寒さをしのげる場所は少ない。道内に閉じこめれば必ず逮捕できる。


ＪＲ札幌駅は三年前から始まった北海道新幹線の延伸工事のため、北口の正面には車が着けられない。新幹線がついに札幌まで来るのだ。大きく駅舎を回り込んで捜査車両が札幌駅南口に到着すると、生方たちは転がるように構内に走り込んだ。入り口で、生方、溝口、藤木と、大場、宮内《みやうち》、伊藤の組の二手に分かれ、生方らは東コンコース、大場たちは西コンコースに散った。広々とした構内は、東側にガラス張りのきらびやかなショッピングビルのステラプレイスやエスタが並び、中央に地下に降りる通路がある。その先を左折すると東改札、さらに左奥へ進むと西改札、コンコースを直進すると北口に抜ける。すでに制服警官が随所に立ち、私服の刑事たちも巡回している。

生方は足早に構内を歩きながら、視線を左右に振って、麻美らしき女がいないか捜した。額からむやみに汗が流れ落ち眼に沁みる。

麻美は十三時二十五分頃には札幌駅に入っている。それから改札が封鎖されるまで約七分。この間に、新千歳空港行きの快速エアポートが一本出ている。快速エアポートには、途中停車駅で続々と警官が乗り込み、車内をくまなく捜索する手はずだ。他に旭川、釧路方面行き列車が三本出ているが、取りあえず、道内行きは後回しだ。

その後もPフォンには札幌駅内の監視カメラが捉えた麻美の姿が次々と入ってくる。麻美は駅構内の各所をさまようように移動している。

JR札幌駅は、複合商業施設に囲まれ、蟻の巣のように通路で繋がっている。混雑は激しい。商業施設の出入り口は閉鎖して三カ所に絞り、警察官が客の顔をチェックしている。

十三時五十五分。時間は刻々と過ぎる。生方たちは駅構内を歩き続ける。

麻美がJR札幌駅に入ってから三十分が経過している。すでに列車に乗り込み駅を離れたのかもしれない。しかし、空港からも新幹線の駅からも連絡はない。

おかしい……。

札幌から一時間範囲の駅にはすでに手配が回り、どの駅に降りようが待ち構えた警察官や駅員の網にかかる。長距離列車では警乗員や途中駅から乗り込んだ警察官による車内巡回が始まっている。駅も列車も完璧に塞ぎ、逃げ道はないはずだ。

突然、耳に突っ込んだＰフォンのイヤホーンに、司令の端正な声が響いた。

〈顔認証システムがＪＲ札幌駅北口で、マル被らしき人物をヒット。時間は十三時三十一分〉

「北口？」

生方は顔をしかめた。Ｐフォンに送られてきた画像を見ると、確かにグレーのデイパックを背負った女が、顔を伏せ、北口へ向かって疾走している。どこかで着替えたのか、ベージュではなく、紺のジャケットをはおっている。このわずか一分後に、同じ北口にある鉄道警察隊の詰所から警官たちが出動した。一寸の差で、麻美は逃げおおせたことになる。

画像を凝視した。確かに麻美だ。顔認証は隠すように伏せた横顔を辛うじて捉えている。この断片から情報支援室がよく割り出したものだ。だが……。生方は眉を寄せた。これまでの画像ではすっと顔をあげていた。なのに、なぜここだけ顔を伏せる……。ジャケットも着替えている。

それに、なぜ北口に……。逃走現場は駅の北側で、麻美は地下鉄で南下して札幌駅に来た。それが再び北口……。何かが引っかかる。

はっと息を呑《の》んだ。

背筋を冷たい感触が這い、顔面から一気に血が引いた。

もしかしたら……。

次の瞬間、生方の口から痛憤の言葉が迸《ほとばし》った。

「ちくしょう！　やられた！」

石が割れるほど奥歯を嚙みしめた。

「偽装だ！　麻美は初めから列車に乗る気なんかなかった！」

藤木と直子が生方を囲んだ。

「じゃあ、どこかに潜伏？」

直子がゴクリと唾を呑み込んだ。

「違う。麻美はわざわざ列車に乗ると見せかけて、我々の眼を札幌駅に引きつけた。ってことは、その隙にどこかに行こうとしたってことだ。潜伏するなら偽装の必要はない。駅北にある交通機関は？」

「バスか。団体向けの乗り場がありますが、団体専用ですからねえ。バスにもニンチャク流してあるし」

藤木が小首を捻った。

直子が付け加えた。

「丘珠《おかだま》空港かな……でも、あそこは道内行きの便しかないですし。行き先の空港には手配が回ってますし」

丘珠空港は、札幌市東区にある小規模な飛行場で、もっぱら釧路や利尻《りしり》などに飛ぶ「道内路線」専用の空港だ。

丘珠か……。

「おい、丘珠から本州へ行く便がなんぼかあったろう」

「丘珠発の本州行きは、夏季限定で、九月いっぱいで運休のはずです」と藤木が応じた。

「ああっ！」

すぐに、Pフォンで検索していた直子から悲鳴に近い声が上がった。「あります！　静岡行きが。運行期間は今年は十月二十五日までです！」

しまった……。焼けるような痛恨が呼吸を圧して突き上がった。

「出発時刻は？」

「午後二時三十分」

「それだっ！」

生方は床を蹴って北口に向かって走り出した。Pフォンを取り出して司令センターに叫ぶ。

「マル被は丘珠空港から静岡行き便に搭乗する可能性がある。至急、丘珠空港派出所に連絡されたい。静岡行きの出発時刻は十四時三十分！　あと三十分ちょっとしかない！」

〈了解〉

北口を出ると、生方たちはタクシー乗り場に向かって走った。新幹線の延伸工事のせいでタクシー乗り場ははるか遠くに移されている。五分も走ってようやく行き着き、飛び乗った。札幌駅から丘珠空港までは七・七キロ。車で二十分強。

「丘珠へ、大至急！」

丘珠空港は、鉄筋二階建てののどかな佇《たたず》まいの空港だ。戦中、陸軍が開設した軍用飛行場だったが、その頃の喧騒《けんそう》は今はなく、周囲は静かな住宅街で、空港の敷地内もどことなく閑散としている。空港の門を入ると五十台くらいが収容できる野外駐車場があって、その向こう、空港ビルの北端に数台のタクシーがのんびりと客待ちしている。

空港派出所は、一階の入り口を入ってすぐ左側にある。「東警察署空港警備派出所」と縦長の木の看板が仰々しく掲げられているが、ハコヅメは一人だけ。五十四歳の狩野完治《かのうかんじ》巡査部長は、司令センターからの無線が入った時、デスクに制帽を置いて、こっくりと昼食後の微睡《まどろ》みに落ちていた。

〈丘珠派出所どうぞ、どうぞ！　派出所どうぞ！〉

呼びかけに、狩野がようやく重い瞼を開いたのは十四時ちょうどだった。静岡行きのＦＤＡ（フジドリームエアラインズ）の飛行機、エンブラエル１７０はとうにエプロンに入っている。

狩野巡査部長は派出所から飛び出すと、床を踏みならして空港ビル二階の出発ロビーへの階段を駆け上がった。

ロビーには六十人ほどの客がいて、「優先搭乗」を告げるアナウンスが流れ始めたところだった。乗客たちがバラバラと立ち上がる。狩野は荒い息を抑えて、Ｐフォンで手配の女の顔写真を呼び出した。額の広い、切れ長の眼の女の顔が現れる。眼を皿のように見開いて、立ち並ぶ乗客たちの顔ひとりひとりと突き合わせた。

いない……。手配の女はいない。

狩野巡査部長は、躰を反転させると一階のチェックインカウンターに駆け下りた。血相変えてグランドスタッフにPフォンを突き出す。

「こ、この女、チェックインしたかっ！　紺のジャケットだが、脱いどったかもしれん！」

氏名は告げても無意味だ。どうせ偽名で搭乗している。

JALの制服に身を包んだ二人の女性グランドスタッフが、肩を寄せ合うようにしてPフォンをのぞき込む。丘珠はJALがカウンター業務を代行している。

「ええ。この方、さっき、チェックインされました。午後一時五十分くらいだったかな」

「出発ロビーにいない！　どこにいる！」

つい大声になる。

「さあ……」

グランドスタッフたちは困ったように顔を見合わせた。

「トイレじゃないですか。間もなく搭乗ですし……」

「いいか、飛行機の出発を遅らせろ。被疑者が乗ろうとしている」

「そんな……。それ、正式に要請してもらいませんと」

「後でやる、ともかく、いまは離陸を止めるんだ！」

言い捨てると、狩野巡査部長は再び出発ロビーへの階段を駆け上がった。

タクシーの助手席で、生方はギリギリと歯を軋ませた。札幌駅から丘珠までは、真っ直ぐに抜ける道がない。狭い道を斜めに斜めに進むしかない。しかも、また赤信号……。堪《たま》らずに唸り声を上げた。東署からも北署からも警官隊が向かっているが、丘珠は両署からも遠い。

「念のため静岡県警に連絡、静岡空港で待機してもらえ」

「静岡までは一一五分です。いっそ離陸させて、静岡で身柄を押さえれば？」

と直子が言った。

「ダメだ」生方は言下に否定した。「丘珠で押さえる。絶対、道内から出すな。これが鉄則だ。他県警に頼むとロクなことがない。以前、マル被を間違えられたことがある」

管轄外の事件はテンション急降下、著しくおざなりになるのが警察の体質だ。取り逃がしても他県警は責任を負わない。

時計の針は十四時十分を指している。


出発ロビーの女子トイレは、階段を上がって通路を右に折れた突き当りにある。狩野巡査部長は、もう一度出発ロビーに眼を走らせ、麻美と似た女がいないことを確認すると、女子トイレに忍び寄った。特殊警棒か拳銃か、一瞬迷ったが、腰の帯革から拳銃を引き抜いて安全ゴムを外した。思いも寄らぬ大捕り物が舞い込んだ。足を撃ってでも取り押さえねばならない。リノリウムが敷かれた通路は磨き上げられ、鈍く光を弾いている。銃口を上に向け顔の辺りにかざして進む。

たかだか二、三〇メートルに満たない通路が、ひどく長く感じられる。左側に小さな給湯室、男子トイレ、その先が……。

拍動が速くなる。拳銃の撃鉄を起こした。慎重に狙いをつけねばならない。警察官の拳銃ニューナンブM60は、暴発を防ぐため引き金が固く出来ている。発射のとき「ガク引き」といって手首が下を向き、床を撃ってしまうことがある。

狩野は女子トイレの前に立つと、右足で思い切りドアを蹴り開け、一気に中に飛び込んだ。便所の扉は四つ。真ん中の一つが閉まっている。

中に人の気配がする。やはりマル被はここに隠れていた。

「警察だ！　出て来い！」

閉じた扉に銃口を向けて叫んだ。

応答はない。

「出て来い！」

やがてガサゴソと音がして、ゆっくりと扉が開いた。

「ひえーっ」

一瞬の間をおいて、切り裂くような悲鳴が鼓膜をつんざいた。銃口の先で、中年のメガネをかけた女が眼をまん丸に剝いていた。

丘珠空港に生方たちが到着したのは、十四時二十分だった。すでに北署と東署のパトカー三台が先着している。

「マル被は！」

正面入り口から飛び込んで、一階のカウンター・ロビーに群れている警官たちに叫んだ。

「おりません！」

浅黒い顔の三十代の警官が答えた。

「いないって……、どういうことだ！」

「我々もいま来たばかりで」

警官は苦々しく頬を歪《ゆが》めて、眼でロビーの隅を指した。うなだれた五十代の警察官が、数人の刑事に取り囲まれて質問を浴びせられている。空港派出所のハコヅメのようだ。

「取りあえず、空港ビルを封鎖しました。飛行機は離陸を待たせ、乗客たちは出発ロビーに集めてあります」

要は、取り逃がしたということだ。生方の喉元に苦い胃液がこみ上げる。

「ハコヅメが十四時過ぎに見たときには、すでにマル被は出発ロビーにいなかったということです。それでハコヅメは――」

警官が説明する。

「わかった」

藤木に一階に残るよう命じ、二階の出発ロビーに走った。溝口直子が続く。

右手通路の奥にトイレがある。生方は手前の給湯室に眼を止めた。

多分、麻美は、チェックインした後、この給湯室に身を潜めて搭乗開始を待った。警官が来なければ、離陸間際に走り込むつもりだったのだろう。だが、そこに巡査が現れた。眼を背後に転じた。トイレの前に灰色の重い鉄扉がある。引き開けて頬が歪んだ。白色に塗装された非常階段が口を開けていた。

駆け下りて一階の鉄扉を開けると、どっと陽光が流れ込み、空港ビルの外に出た。目の前でタクシーが客待ちしている。

ちくしょう！

溝口直子が飛びつくようにタクシーの列に駆け寄って、窓ガラスを叩いた。

「この女の人、乗りましたよね？」

運転手にPフォンを突き出す。

「ああ、さっきね」

「乗っけたタクシーわかります？」

「うん。北斗の後藤《ごとう》だべ」

生方は直子の背に叫んだ。

「その運転手と連絡を取るようタクシー会社に要請しろ。ドアをロックして、最寄りの交番に着けさせるんだ！」

「はい！」

生方の淡い希望は五分ともたなかった。連絡がついた時、北斗タクシーの後藤運転手は、すでに麻美を降ろしてしまっていた。

「うーん。環状線走って、競馬場の東の交差点で降ろしたべ。たった今さあ」

札幌競馬場は丘珠空港から直線距離で西へ六キロほど。麻美は、十四時過ぎから二十分の間に大きく移動していた。

降車地点一帯を緊急捜索するよう司令センターに要請、生方たちも東署の捜査車両で競馬場に急行する。

道警本部は、付近の交番と北署、中央署、西南署の各所轄から計百名の大部隊を捜索に差し向けた。車両の無線から、現場に向かう警官たちの交信がわんわんと響く。

麻美にとって、静岡行きの飛行機に乗れなかったことは大きな誤算だったに違いない。麻美はこれからどこに行こうとしているのか。

札幌競馬場の最寄り駅はＪＲ函館本線の桑園《そうえん》駅と市営地下鉄東西線の二十四軒《にじゅうよんけん》駅だ。直子が、両駅の改札を一時封鎖するよう頼み、さらに、近隣のＪＲ八軒《はちけん》、琴似、発寒中央、発寒、地下鉄の琴似、発寒南、西28丁目の各駅の監視カメラをチェック、警察官を派遣するよう要請した。

おそらく、麻美は空港で乗ったタクシーを警察が把握することを見越して、短時間で降車したのだ。

「タクシーを乗り換えたかもな」

「はい」

溝口直子が頷いた。

「もう一度、タクシーに緊配の無線を流せ。その後バスもだ」

「はい！」

一分後には札幌中のタクシーに「道警からのお願い」という無線連絡が入った。

〈大きな落とし物捜索のお願い。落とし主のお客さんは、二十代後半の女性。ロングヘアー。グレーのデイパック。紺色のジャケットに黒のスカート。落とし物を発見次第、最寄りの交番もしくは警察署に届けられたい〉

これが符牒《ふちょう》だ。「大きな」は強盗などの重大事犯を示す。落とし主の風体が被疑者のニンチャクだ。

札幌競馬場に着くと、周辺は閑散としていた。平日でレースは開催されていない。警察官の姿ばかりが目につく。にょっきりと空に突き出した巨大な観覧スタンドにも人影はない。スタンドの入り口の前にある、広々とした駐車場も駐輪場もガラガラで、数台の車と放置自転車が駐まっているだけだ。

六人ほどの捜査員が観覧スタンドの屋上にビデオカメラをセットしている。「顔認証カメラ」といって、雑踏や群衆にレンズを向けると、瞬時にマル被を見つけ出す。五年前から導入された警察の新兵器だ。本部は降車地点の競馬場東口から半径二キロの主要道路で検問も張りつつあった。

生方たちは現場の捜索指揮を執る中央署の刑事課長に挨拶すると、すぐに二人ひと組になって散り、捜索に加わった。生方は直子とともに競馬場の西側を回った。

街路には先着した捜査員が溢《あふ》れている。すれ違う度に、生方は小さく頭を下げた。「ケッ」と、これみよがしに唾を吐く者がいる。ニヤニヤと侮蔑の笑いを投げてくる者がいる。あからさまに「ドジ野郎が！」と怒声をぶつけて来る者がいる。生方は無言で通り過ぎた。同僚たちの反応は、当然だ。麻美が捕まるまで、彼らは連日捜索に駆り出され、その上に日常業務が重なる。

ふと振り返ると、溝口直子が捜査員たちの背中にむかって舌を出している。

「お前、何やってんだ」

「だって……」

「だってもへチマもない。麻美にワッパ（手錠）をかけるまで、俺たちは糞《くそ》だ。当たり前だろ」

「……はい」

生方はすぐに踵《きびす》を返して歩き出した。

「班長……」

ドタドタと直子が追ってくる。

「なんだ？」

「あの……」

「何？」

「すみません！」

直子が直角に頭を下げた。

「すみません！　わたしのせいです。コンビニでわたしが――」

細い両眼に涙が滲《にじ》み出す。

「なに生意気言ってんだ。いっぱしの口利くんじゃない！」

と、叱りつけた。

「すみません」

生方は声音を柔らかに変えた。

「すみませんは、もういいんだ。お前のせいじゃない。俺のミスだ」

「そんな……」

「いいか、悔しかったら一刻も早く麻美にワッパをかけろ。俺たちにはそれしかないんだ」

〈司令センターから各局、各移動――〉

二人の会話をぶった切って、ベルトに装着した無線機に、緊迫した司令の声が飛び込んできた。

〈逃走中のマル被・久野麻美の携帯電話の位置情報を把握。現在、国道230を藻岩山《もいわやま》方向に南下中。同方面の警戒員にあっては――〉

捜索現場は騒然となった。麻美は競馬場付近で別の車に乗り変え、市内を南下している。捜査員たちがバタバタと車に乗り込み、藻岩山方面に出動した。

携帯電話は、使っていなくても微弱な電波を基地局に送り続ける。基地局とは電波をキャッチしてその先の通信ネットワークにつなげる装置で、電柱やビルの屋上などに設置されている。警察は通信事業者に照会して、マル被の電話がどこの基地局に電波を送っているかを把握、追跡に役立てる。割り出しまでに多少時間がかかることと、携帯のバッテリーを外してしまえば追跡が不可能になる欠点がある。

警察無線には刻々と麻美の位置情報が流れてくる。近隣のパトカーが一斉に追跡している。本部は行き先の道路を遮断、停止させた車両のトランク、荷台を調べる徹底的な捜索を指示した。

生方班の刑事たちも現地に向かった。だが、生方は競馬場に残った。

おかしい……。

胸に疑問が渦巻いている。腕時計を見た。十四時五十五分。麻美が逃走してから約二時間が経過している。スマホの電波追跡は逃走直後から始めている。割り出しに時間がかかるとはいえ、二時間にわたって所在が摑《つか》めなかったのはなぜか。

たぶん……。生方は競馬場前の広い通りに沿って歩き出した。

麻美のスマホはバッテリーが内蔵されたタイプではない。着脱型で、逃走後はバッテリーを抜いていたのではないか。そして競馬場に着いた時に電源を入れ、トラックか何かの荷台に放り込んだ。再び警察を欺くために。

自分たちは、明らかに麻美という女を見くびっていた。麻美は札幌駅から列車に乗ると見せかけて丘珠空港に行った。他にも、上着を変え、出発ロビーの様子を陰から覗《うかが》い、タクシーを短時間で降り、狡知《こうち》を働かせて追跡の網をすり抜けている。

ちらほらと巡回する捜査員たちが見える。足が勝手に動いて躰を運ぶ。ちらりと振り返ると、遠く後方で、直子が無線で誰かと喋《しゃべ》っている。

競馬場周辺の封鎖指令が出たのは、麻美が丘珠からのタクシーを降りた直後だ。主要道路は封鎖まで十分とかかっていない。それ以外の道も二十分以内には封鎖を完了し、一帯は警官たちで埋め尽くされた。市内のタクシーとバスに流した「落とし物探し」の無線にもいまだに何の反応もないから、別のタクシー等に乗り換えた可能性も低い。

ということは……。麻美はまだこの一帯に身を潜めているのか？　生方は顔を上げて周囲を見回した。はるか後方にヤマダ電機の大きな看板が見える。いつのまにか、競馬場からずいぶん西に来てしまった。ピーッという、北国特有の甲高い警笛を響かせて、函館本線の列車が通過していく。

待て……。生方は足を止めた。

麻美は、なぜ、競馬場でタクシーを降りたのだろう？

これまでは、丘珠で乗ったタクシーに手配が回る前に降りた、としか考えていなかった。降りた場所がたまたま競馬場だったとしか……。しかし、競馬場で降りたことには、何か目的があったのではないか？

競馬場の光景を瞼に描いた。レースがない日の無人の競馬場……。ガランとした駐車場と駐輪場が脳裏を走った。

あっ、と声を上げた。

自転車だ！

麻美は駐輪場に放置された自転車が目的で、競馬場で降りたのだ。放置自転車を盗み、主要道路が封鎖される前に、競馬場から遠ざかった。道警が封鎖したのは競馬場の東口を起点に半径二キロの主要道路で、自転車なら急げば五、六分で封鎖圏外に出られる。

呻きを上げて、唇を噛んだ。札幌は坂の少ない平らな土地だ。自転車の行動範囲は広い。三十分もあれば七キロくらいは走行するだろう。

しかし……。検問は、競馬場周辺だけではない。市内百カ所に隈《くま》なく張られ、パトカーも巡査たちも巡回している。長時間自転車に乗りっぱなしというのは危険だ。麻美はきっと、自転車をどこかで手放し、別の交通機関に乗り込んで札幌を離れようとするはずだ。

タクシー等には手配が回っている。

鉄道だ。

腕時計を見た。十五時〇五分。麻美が競馬場でタクシーを降りてからすでに五十分近くが経過している。自転車なら行動範囲は一〇キロから二〇キロ。無線を取り出して直子に叫んだ。

「情報支援室に要請。競馬場から半径二〇キロ以内の鉄道駅、改札の監視カメラの蓄積データを、片っ端から覗いてもらえ」

〈えっ、は、はい！〉

生方はそのまま西に向かって歩き出した。麻美は西方に逃げた。勘がそう告げている。東に行けば札幌の繁華街がある。厳戒の中心部は本能的に避けるのではないか。

〈えええっ！　了解！〉

無線から、直子の尋常でない声が飛び出した。

〈班長、支援室が、支援室が――〉

「支援室がどうした！」

〈支援室が、もう一度ＪＲの琴似駅の改札カメラを覗いたら、緑の上着の女が通ったって。グレーのデイパック。麻美に似てるそうです〉

「いつだ！」

〈五分前です！〉

「琴似駅は、警官を派遣したんじゃないのか！」

〈もう引き上げちゃってます〉

ちくしょう！　生方は猛然と走り出した。琴似の駅はわずか三〇〇メートル先にある。麻美は競馬場から検問のない路地裏を自転車で走り、どこかで上着を買い換えて琴似に来たのだ。

〈班長！〉

直子が叫んだ。

「なんだ！」

〈琴似の次の発車は、二分後です！〉

生方はものも言わずに腿《もも》を高く上げて疾走した。

目の前に煉瓦《れんが》色の琴似の駅舎が見えて来る。駅前のロータリーを突っ切り、低い階段を二段跳びして改札に走り込んだ。

「こら待て！」

駅員が怒鳴った。

「警察だ！」

ホームに飛び出すと、対岸のホームの真ん中に、グリーンのジャケットにサングラスをかけた女がいる。

麻美だ！

その時、電車が麻美のいるホームに滑り込んだ。

くそ！　ホームの階段を三段跳びで駆け上がった。通路を全力で走る。

電車の発車ベルが聞こえる。階段を下り、ホームに飛び降りた。

電車のドアがまさに閉まろうとしている。電車の最後部にぶつかるように突進し、閉まりつつあるドアに強引に右腕を突っ込んだ。ドアに腕が挟まれる。

「開けろ！　警察だ！」

最後部の車掌に叫んだ。ドアが一瞬開き、車内に転がり込んだ。

電車はすぐに発車した。ハアハアと乱れる息を抑えて車窓を見遣《みや》り、流れるホームに麻美がいないことを確かめた。

よし！

麻美は車内にいる。袋の鼠《ねずみ》だ。生方は、前方車両に向かって走り出した。

電車は小樽行きエアポート145で、六両編成。次の停車駅、手稲には五分で着いてしまう。緊配をかけても間に合わない。

車内は比較的空いていて、乗客の大半は着席している。通路を走るのに支障はないが、北海道の電車の多くは、ひとつの車両の前後に広めのデッキが付いている。デッキの両端に扉があるから、一両移動するのに、計四枚の扉を開けなくてはならない。生方は苛立たしい思いで、次々と車両の扉を開けて進んだ。

三両目の扉を開けた途端、耳にどっと喧騒が流れ込んできた。甲高い女の嬌声《きょうせい》、男たちの笑い声、子供の喚声《かんせい》……。中国人観光客の団体だ。コロナ禍で遠ざかっていた海外の観光客も、いまは昔の水準に戻っている。この車両だけはラッシュアワー並みの混雑で、座席は満杯、通路は吊《つ》り革にぶら下がる男女と、足元を埋め尽くす大小様々、色とりどりのキャリーケースで塞がれている。

生方は躰を斜めにして中国人の群れに分け入った。

「どいて！　どいて！」

人とキャリーケースの隙間を縫うように進んだが、言葉が通じず、中国人らは無頓着だ。

「どけ！」

両腕で立ち塞がる人々を掻き分けて急いだ。あちこちで意味不明のブーイングが上がる。キャップを被った男が、怒りの顔で何か叫んだ。

その時、視界の隅でグリーンの布地が動いた。はっと目を凝らす。緑色のジャケットをはおった女が、背を向けて前方車両に足早に歩いていく。グレーのデイパック、黒のスカート、背筋を伸ばしたシルエット……。

麻美だ！

麻美が気づいて逃げていく。

「どけ！　どけってんだ！」

中国人たちを突き飛ばし、足元のキャリーケースを蹴散らして走った。

麻美は扉を開けて前の車両に消えていく。

「どけどけ！」

通路の真ん中にでんと置かれたキャリーケースを飛び越えた時、突然、後ろ襟を摑まれ、背後から腕を取られた。振り向くと、二メートルはあろうかという中国人の大男が、口から唾を飛ばして文句を言っている。

バカが！　生方は腕を振りほどいて、警察手帳を男の鼻先に突き出した。漢字なら読めるだろう。

「ジンチャー……」

男は中国語を漏らし、怯《おび》えたように手を放した。見れば、麻美の後ろ姿は完全に視界から消えている。

くそっ！

突っ立っている男女を払いのけようとした時、背後で大男が何か叫んだ。中国人の乗客たちがおずおずと道を開け始めた。生方は猛然と走り出した。

デッキ扉を開け、四両目に踏み込んだ直後だった。背後からもの凄《すご》い力で突き飛ばされたように、大きく前につんのめり、躰がフワリと宙に浮いた。生方は、柔道の投げを喰《く》らったように、数メートル空《くう》を飛んで床に叩きつけられた。頭を強打し、一瞬、意識を失った。

目を開ければ、あちこちで悲鳴が上がっている。

〈緊急停止します。緊急停止します。お近くの吊り革、手すりにお掴まり下さい〉

間抜けな音声テープが流れ出した。

頭に手をやり、顔を振った時、あっと息を呑んだ。

麻美だ！　麻美が列車を止めたんだ！

車内に設置された非常停止ボタン、正確には「車内非常通報装置」のボタンを押し込むと、列車は緊急停止する。

生方は立ち上がると、通路をダッシュした。

直後に、シューッとガスが抜けるような音を聞いた。

いかん！　麻美は車外に脱出しようとしている！

非常停止ボタンのそばには必ず「Ｄコック」と呼ばれる機器がある。列車の自動ドアは手動では開かないが、このコックを捻ると、ドアを閉ざしている圧力空気が抜け、手で開けられる。非常ボタンもＤコックも、北海道の列車では、大抵、デッキにある。

五両目のデッキの窓越しに、屈《かが》み込んだグリーンのジャケットが見えた。麻美はまさに列車から飛び降りようとしている。列車の車高は意外と高い。麻美は備え付けの短い梯子《はしご》を使おうとしているのかもしれない。

「久野！」

サングラスをかけた女が、ちらりとこっちを振り向いた。その直後、麻美の躰は視界から消えた。生方はデッキに突入した。

開放された扉から、反対車線の線路を跨《また》ぐ麻美の背中が見えた。

「待て！」

身を躍らそうとした瞬間、ピーッ、ピーッという警笛が耳をつんざいた。振り向くと、視界いっぱいに列車の最前部が映った。次の瞬間、突風のような風圧とともに、眼前を、轟音《ごうおん》をたてて電車が通過し、麻美の姿をかき消した。

「久野麻美――！　久野――！」

生方は、絶叫した。

2

久野麻美は、琴似―手稲間で列車から飛び降りた後、姿を消した。道警本部は、付近一帯を捜索し、札幌や小樽でも大規模な「旅舎検」を実施した。ホテルや旅館はもちろん、木賃宿、ラブホテル、民泊のアパート……、あらゆる宿泊施設に捜査員二百人を踏み込ませ、床板を引っぺがすほどの捜索をしたにも拘《かか》わらず、麻美は発見できなかった。市内に巡らした検問にも引っかからず、寄せられた目撃情報もすべて空振りだった。

麻美をデミオに乗せて逃走した男は、篠崎要一《しのざきよういち》という三十二歳の金融業者だ。元暴力団構成員。執拗な追及にも、麻美の行方については「知らねえ」とうそぶき続けた。

「なぜ、逃走を助けた」

「恩義がある」

「どんな恩義だ」

「言わねえ」

生方は、麻美が勤めていた興信所の所長、五十嵐剛《いがらしつよし》を訪ねた。

麻美は二十二歳から五年間、五十嵐の興信所に社員として勤務している。

麻美の半生は孤独の色が濃い。八歳の時父親が失踪、高校二年で母親を病気で失っている。麻美は札幌の卸売市場にある青果店に住み込み、地元のスーパーや雑貨店などを転々とし、五十嵐のもとに来た。麻美の巧妙な逃走は、若い女にしては出来過ぎだ。五十嵐が仕組んだと生方は見ている。おそらく、逃走資金もこの男から出ている。

「お久しぶりで」

生方は声をかけて会釈した。

五十嵐は昔、長く共産党系の弁護士事務所で調査員をしていた。その頃、何度か会ったことがある。年齢はすでに七十近いのではないか。興信所は警察を辞めた人間が経営するケースが多いが、五十嵐は違う。若い頃は極左系セクトの活動家で、アンチ警察の色彩が強い。よく言えば反権力の硬骨漢、悪く言えば古いタイプの左翼くずれ。五十嵐の事務所の収入源はもっぱら浮気調査だ。

「おう、これはこれは」

塗装が剝げた木製のデスクに足を上げて新聞を読んでいた五十嵐が、黒縁眼鏡から生方を睨む。警戒と反感が滲んでいる。おかっぱ頭のような白い長髪、地黒の肌に張ったエラ、色褪《あ》せた灰色のジャケット。過去に何があったか知らないが、五十嵐の小柄な痩身に充満しているのは、思想でも政治的な信条でもなく、警察への底知れぬ憎悪だ。

「釈迦《しゃか》に説法したくありませんがね、五十嵐さん、下手すると、犯人蔵匿になりますよ」

デスクの前に立つと、のっけからぶつけた。

五十嵐はしばし薄い眉を寄せ、やがて声帯が潰れたような掠れ声で応えた。

「何のこっちゃ？」

「おとぼけはよしてください」

フン、五十嵐は嘲るように鼻先で笑った。

「匿《かくま》ってるとでも言うのかい？　それは外れだな。どうせ俺の自宅も張ってんだろうが」

「逃走を手伝ったデミオのチンピラ、篠崎要一、ご存知ですよね？」

五十嵐は答えず、横を向いて、机に置かれた缶から両切りのピースを取り出した。いまどき珍しい銘柄だ。マッチで火をつけ、煙を吐き出してから、ゆっくりと生方に視線を戻す。

「今回のあんたらの追跡は、全部後手に回った。地下鉄のチェックも、丘珠の見落としも、競馬場の封鎖も……。ドジ過ぎるとか何とか言われて、あんたも肩身が狭いだろう」

「ご心配頂いて……」

苦笑して見せた。実際、刑事部長が捜査幹部を集めて喚《わめ》き散らしたという話は聞いている。

「気にするな。勝負の後なら何でも言える。上の奴らはいつもそうだ」

五十嵐は見透かしたようなことを言う。興信所所長という仕事柄、道警内に情報のツテがあるのだろう。五十嵐に協力するような連中は、警察ではご法度のアカがかった奴らか、さもなくばカネで釣られた不満分子だ。

「私らのことはどうでもいいです。訊きたいのは久野麻美のことです。葬儀場からの逃走、手を貸しちゃいないでしょうね？」

「へへ。知らん知らん。仮に知っていたとしても、麻美が逃げた時点で、お札（逮捕状）は出てたのかい？」

生方は苦く黙った。逮捕状が発付されたのは十四時過ぎ、麻美が逃げた後だ。

「お札がねえなら、犯人蔵匿は無理なんじゃないかい？」

五十嵐が小バカにしたように顎を撫《な》でた。

犯人蔵匿罪は構成要件が複雑だ。逮捕状が出ていることを必須要件にはしていないが、難しくなるのは事実だ。デミオを運転していた篠崎要一も、取りあえず道交法違反で聴取するにとどめ、犯人蔵匿で立件するかどうかは微妙だ。弁護士事務所にいた五十嵐は法令を熟知している。

「俺は何も知らん。指南もしなけりゃ、手もカネも貸してない、それが事実だ」

「麻美が全部ひとりで考えたと？」

「他に誰が考える？」

五十嵐が向き直った。

「信じられませんな」

「麻美が俺の事務所にきて五年になる。おれは何にも教えちゃいねえ。あの子が見よう見真似《みまね》で、全部ひとりで呑み込んだ。それでいっぱしの探偵になった。三人いる調査員の中で抜群だ」

「浮気調査の才能があったと？」

生方は嫌味で返した。五十嵐は無視して、人差し指で自分のこめかみを叩いた。

「ここがいいのよ」

五十嵐は言葉を切って、ニヤリとした。「あれは高校中退だがね、行ってた高校知ってるよな？」

「札幌東南、でしたね」

「そうよ。道内一、二の進学高だ。しかも成績は良かった。下手すりゃ、東大出てキャリアになって、今ごろあんたらの上司だったかもしらん」

五十嵐はキャキャキャと嬉《うれ》しそうに笑った。

「麻美が中退したのは経済的事情でしたね」

「そう。子供の頃、オヤジが家出しちまったからな」

五十嵐がわずかにしんみりした口調になった。

父親が女をつくって家族を捨てる。珍しいことではない。マル被たちの生い立ちはさまざまだ。

「オツムだけじゃあねえんだな、肝もすわってる。異様なほどにな」

五十嵐がまた片頬で笑った。

「ずいぶん買いかぶって——」

言いかけた生方を、遮るように五十嵐が訊いてきた。

「篠崎要一、なんか吐いたのか?」

「いや」

「奴は元稲垣《いながき》組の下っ端だ」

「のようですね」

「奴は組抜けしたかった。それには指を詰めなきゃならねえ。だが、意気地もねえし、実際、片手で自分の指落とすのはそうそうできるもんじゃない。で、奴の女房が麻美に泣きついた」

「……」

「麻美は、篠崎の小指の付け根を縛ってまな板に置くと、出刃を当て、コーラの瓶にタオルをぐるぐる巻いて一発で叩き落とした。それから指を焼酎のワンカップに入れ、自分で稲垣組に持っていった」

それが、篠崎の言う「恩義」というやつか。

「麻美が二十二歳の時だ」

五十嵐がぐいと体を乗り出した。「それだけじゃねえ。麻美には不思議な本能がある。危険をかわす本能が。ピアノ線の隙間を飛ぶ蝙蝠《こうもり》みたいにな」


生方ら道警の捜査陣が、再び麻美の動きを摑んだのは、それから一週間後の十月十四日の夕方だった。札幌駅南口のバスターミナルの監視カメラの映像を調べていた情報支援室のスタッフが、五日前の十月九日、早朝六時過ぎ、旭川行きの高速バスに、麻美らしき女が乗り込むシーンを発見した。髪がショートに変わり、紺と臙脂《えんじ》のヤッケのようなものをはおっていた。濃いサングラスをかけていたが、顔認証システムで精密照合すると、麻美と一致した。

捜査本部はこの情報に色めき立った。だが、直後に大問題が発生した。伊勢崎一課長が布袋のような顔を歪めて刑事《デカ》部屋に現れた。

「旭川に人は出さない」

「どういうことです？」

刑事たちが詰め寄る。

「公安が出る」

「はあ？」

「捜査本部は、以後、公安との合同本部になる。旭川の捜査は公安がやる」

ポカンとしたようなわずかな間があって、「バカな！」「何なんだっ、それは！」「ふざけるな！」刑事たちの憤激の声が部屋中に響いた。

俺のせいだ……。生方は、体内の熱が一気に失われていく気がした。

警察は、殺人や詐欺、窃盗などの事件を捜査する刑事部門と、機動隊などが所属し治安の維持に当たる警備部門に大別される。過激派や政治団体の捜査をする公安は、警備部門に所属する。殺傷事件の捜査に公安が出張ることは、稀《まれ》ではあるがないわけではない。代表的な例は、一九九五年に起きた警察庁長官、國松孝次《くにまつたかじ》の銃撃事件だ。このときの捜査本部は警視庁の刑事部ではなく、公安部が主導した。刑事部と公安部では捜査手法がまるで違う。長官銃撃事件の場合、結局、犯人検挙に到らず時効となった。

「飛ばれたことへの制裁ですかっ！」

若い刑事が、ちらりと生方を見て一課長に嚙みついた。

「理由は……わからん。ともかく、これの決定だ」

一課長が親指を立てて、道警本部長の佐伯を示した。

「公安はどこです」

北海道警は警備部の中に公安一課から三課まである。

「一課だ」

「うへぇ〜」

刑事たちから一斉にブーイングが上がった。うんざりした表情で首を左右に振る者もいる。生方も奥歯を噛んだ。

ほとんどの県警では、公安一課長と捜査二課長は若手キャリアの指定席で東京から送り込まれる。道警のいまの公安一課長もまだ二十代の若造だ。本部長の佐伯は、庁内のキャリアを集めて「霞会《かすみ》」という親睦会をつくっている。霞《かすみ》が関《せき》を示す名前に、「自分たちは中央官僚」というエリート意識が滲む。地方勤務の若いキャリアは手柄を立てて東京に戻りたい。佐伯には、公安一課長に記者殺し解決の〝お土産〟を持たせたいという思惑があるのだろう。

その後、伊勢崎以下、現場幹部たちが別室に集まった。捜査一課としてどうするか。

「公安のシマ（縄張り）荒しを、指をくわえて見ているわけにはいかない」という憤然とした主張と、「本部長の決定だ、公安にやらせるさ」という突き放したような意見が拮抗《きっこう》した。

生方は議論が一段落するのを待って、切り出した。

「私を旭川に出してください」

一斉に針のような視線が注がれた。

「飛ばれたのは私のミスです。私に始末をつけさせてください。逃亡犯がダイレクトに目的地に行くことはまずありません。必ず乗り継ぐ。おそらく麻美は旭川から別のどこかに移動するはずです」

他の幹部たちは黙り込む。

「いいだろう、ゴロさん」

ややあって、伊勢崎一課長が二重顎を胸元に埋めるように頷いた。

「但し、相方は、いまのアレ、溝口だけだ。それでいいな？」

「もちろん」

生方は強く応えた。旭川駅周辺を探って次の行き先を突き止め、どこまでも麻美を追う。それが生方と直子の使命となった。


昇り勾配に差しかかったのか、床下でディーゼルエンジンが唸り、急速に回転を上げていく。札幌から鈍行で岩見沢《いわみざわ》に行き、そこで旭川行きに乗り換える。特急のライラック号に乗りたかったが、あてがわれた予算は少ない。

ビルが林立する都市の風景はやがて姿を消し、内陸をひた走る車窓には、広大な畑地と牧草地が映り始める。草地の色はまだわずかに緑が残っているが、間もなく一面枯草色に変わって、晩秋の景色になる。のんびりと草をはむ牛たちのそばに、点々と転がっている円形の塊は、ロールベールサイレージといって、牧草を筒状に巻いたものだ。シートでラッピングし、牧草を乳酸発酵させる。その方が牛がよく食べるらしい。昔は、牧草はサイロに保存していたが、最近はこの方式で冬でも野外に放置する。北海道からサイロが消える日が近いのかもしれない。

ガサゴソとレジ袋が擦れる音がして、ボックスシートの対面に腰を下ろした溝口直子が、弁当を取り出している。

「蟹《かに》弁当にしちゃいました」

ニッコリして、ひとつを差し出す。微笑むと細い目がますます細く糸のようになる。

「あと、班長にはこれも」

缶ビールのロング缶を渡してくれる。

「お前のは？」

直子は首を左右に振った。ずっと徹夜が続いているのに、若い直子は疲れも見せず元気だ。直子はよく食べる。さっき菓子パンを頬張っていたのに、もう弁当だ。常に腹を満たし、かつ水分をあまり摂《と》らないのは、不測の事態に備える交番時代からの習慣だそうで、「女性警察官の最大の敵はトイレなんです」と真顔で言った。

札幌を離れてから、直子は見違えるように生き生きと映る。時々、小さな旅行を楽しむみたいにハミングしたりする。まるで籠から解き放たれた小鳥のようだ。捜査本部ではいつも片隅で、陰気な顔で押し黙っていた。気難しいおっさん刑事たちの重圧に窒息寸前だったのだろう。警察、ことに捜査部門は、依然として完全な男社会だ。年配刑事たちの直子に対する冷淡さは、ほとんどイジメに近い。実際、直子だけに情報が回っていないことが度々あった。直子が嫌われるのは、足手まといの女刑事というだけではない。「アレ、見かけによらず頑固なんすよ」と部下から聞いた。「頑固」は、女の部下に対する決定的なバッテンだ。そんな扱いをされても、めげることなく毎朝真っ先に出勤するから、直子は打たれ強い質《たち》なのだろう。

「旭川の駅、蓄積型の監視カメラはないそうです。顔認証が使えないから、一個一個調べないと」

直子がなんとなく嬉しそうに言う。少なくとも百台はあるだろう監視カメラの映像を全部見る、そのクソ面倒臭い作業をやるのは、生方たちではない。公安の連中だ。

「ざまあみろってか？」

「そんなこと、言ってません。ただ、お気の毒だな、と」

直子は眼に笑いを残して下を向いた。

公安一課長の若造はハッスルしているのだろう、自ら旭川に出張る予定だという。生方は苦く缶ビールに口をつけた。気泡が喉の粘膜で弾ける。

やりたいようにするさ。放っておけばいい。俺は、その間に、駅周辺を聞き込みして歩く。この〝新米さん〟と……。

直子は蟹の身が乗った酢飯を、大事そうに箸で四角く切り取って口に運んでいる。糸切り歯が白く見えた。旭川までは二時間半ほどかかる。

3

霧が深々と街を覆い、視界は乳白色に閉ざされている。昼間なのにヘッドライトをつけた車が行き交っている。生方と直子が旭川に到着した十月十五日、そこから二〇〇キロ東に位置する釧路市は、霧に包まれていた。

釧路の霧は、特に夏、六月から八月にかけて、月の半分以上で観測される。南東から流れ込む湿った空気が、釧路の沿岸を走る千島《ちしま》海流に冷やされて海霧が立つ。それが陸地に押し寄せてくるのだ。温暖化の影響か、ここ数年は薄い年も多いというが、今年は水温が低いのか、久々に霧は濃く、十月に入ってからも度々たった。

釧路駅から釧路川に向かって半キロほど進んだ栄町《さかえまち》に、〝呑兵衛横町《のんべえよこちょう》〟と呼ばれる飲食店街がある。三〇〇メートルも続く長い通りの真ん中辺りに、「角勢《かどせい》」という居酒屋が店を構えている。もう五十年になる老舗で、釧路魚港で上がる魚介類と、肉質の柔らかな阿寒《あかん》ポークを客の前で焼いて出す。釧路は炉端焼き発祥の地でもある。

「女将《おかみ》さん、女将さん――」

呼び止める小さな声に「角勢」の女主《おんなあるじ》、沼田芳子《ぬまたよしこ》が振り返ると、霧の中から滲み出るように若い女が現れた。

女は濃緑色の防水素材のハーフコートをはおって、大きな黒のデイパックを提げている。沼田芳子と目が合うと、被《かぶ》っていたフードを取って、ぴょこんと頭を下げた。広い額によく光る切れ長の眼。きれいな娘だな、と芳子は思った。

「これですけど……」

女は「角勢」の入り口に貼られた従業員募集の告知を、細い指で差した。

［バイト急募　ＰＭ５時～12時（１名）　ＰＭ８時～ＡＭ２時（１名）］

と油性ペンで書かれている。

「どこの衆？」

芳子が訊くと、女はわずかの躊躇《ためら》いの後に、「小樽」と答えた。
二、三週間働かせてくれと言うバックパッカーを受け入れたことは前にもある。本土の旅行者かと思ったが、道内というのは意外だった。芳子は、女の顔をしげしげと眺めた。黒々とした女の瞳に、一瞬、すがるような必死の色が浮いた。
「入りな」

芳子は声をかけると、「角勢」の引き戸を開けた。女は、小野恵子《おのけいこ》と名乗った。


旭川での麻美の捜索は難航した。札幌に次ぐ北海道第二の都市である旭川の駅は巨大だ。函館本線、富良野《ふらの》線、石北《せきほく》本線、宗谷《そうや》本線の四路線の接続駅で、一日の乗降客は四千人を超える。市外に出る遠距離バスも十社が乗り入れている。生方と直子は、駅員の聴取から始め、車掌、バス運転手、チケット販売員、キヨスク店員、清掃係、整備員と徐々に輪を広げて、麻美の顔写真を見せて歩いた。まるで藁《わら》の山から針一本を捜し出すような作業だが、これが生方の捜査なのだ。

大挙して旭川に乗り込んでいるはずの公安一課の連中とは、遭遇しなかった。刑事部と公安部の捜査手法はまったく違う。刑事部が、現場に残された遺留物、被害者の人間関係、地元の聞き込みなどから犯人像を絞っていくのに対し、公安は目をつけた人物を監視し、その組織の実態を解明して壊滅を図ろうとする。公安には、聞き込みなどの地取り捜査を全く経験したことのない刑事がわんさかいるのだ。おそらく公安一課は、駅の監視カメラをチェックした後、近辺にいる麻美の知己の家を監視し、接触するのを待つだろう。逃亡犯は目的地にダイレクトに行かないという鉄則さえ、彼らの頭にはない。二十八年前の警察庁長官銃撃事件では、こうした公安の手法が捜査を迷走させたと指摘されているが、公安は手法を改めようとはしない。というより、それしか出来ない連中なのだ。

生方と直子にようやく僥倖《ぎょうこう》の光が射したのは、一週間後、旭川駅三番ホームの弁当売り、佐藤雅子《さとうまさこ》に当たった時だ。

旭川駅は、ホームにキヨスクはなく、弁当と飲料をカートに積んだ売り子が出ている。弁当売りには初期の段階で当たっていたが、佐藤雅子はここ数日腰痛で仕事を休んでいたのだという。直子が麻美の顔写真を差し出して、要領を得ない雅子の話を、小腰を屈めて辛抱強く聞き入った。繰り返し質問すると、雅子はようやく、この女性がペットボトルのお茶を買い、発車間際の大雪1号に駆け込んだと証言した。大雪1号は網走《あばしり》に向かう石北本線の特急列車だ。

「間違いないですか?」

興奮を抑え、直子が微笑みながら念を押す。

「間違いねえ。お釣り渡そうとしたらもういなかった。声をかけても振り向かなかったべ」

生方と直子はその足で網走に向かった。麻美が途中駅で降りた可能性はあるが、取りあえず、終着駅から遡《さかのぼ》る形で足どりを追う。

網走駅は、旭川に比べ、自動改札機さえ装備されていない田舎の駅だ。一日の乗降客は三百人前後、しかも常時改札は行わず、列車が入線するごとに改札を開ける方式だ。

若い女のひとり旅は目につく。網走の駅員は麻美の顔を覚えていた。駅の自動券売機の調子が悪く、みどりの窓口で釧路行きの乗車券を買ったこと、釧網《せんもう》本線「しれとこ摩周号」に乗車したことを証言した。

「いつだ？」

「十日前です。券売機が壊れたのは」

疼《うず》きのような興奮が腹の底から沸き上がり、生方は思わず胴震いした。麻美は、旭川で二日間を過ごし、衣服等を買い整え、網走で一泊して釧路に向かった。二カ所経由していることから、釧路が麻美の目的地である可能性が高い。

札幌の捜査本部に急報すると、生方は直子とともに快速「しれとこ摩周号」に飛び乗った。


左手に、オホーツクの灰色の海が広がっている。低く垂れ込めた雲が、隙間にわずかに黄色い明るみを残して北の空を渡っていく。「しれとこ摩周号」は、キハ54形の古い車両を引きずるように北辺の大地を走る。北海道は北へ行くほど、駅舎も車両もオンボロになる。

網走と釧路を繋ぐ釧網本線は、国内で最も車窓の風景が美しい路線と言われている。網走から斜里町《しゃりちょう》までは、オホーツクの海際を行き、その後南下して、広大な釧路湿原を縦断する。車窓には、濃い緑の森と薄茶色の低草木で覆われた湿原が、交互に現れる。

「鹿……」

ボックスシートの向かいに座った溝口直子が小さく声を上げた。窓に眼を遣ると、森の中の倒木のそばに大きな鹿が一瞬見えて、すぐに後方に消えた。この一週間の疲れが出たのか、さすがの直子も頬がやつれている。

「麻美は――」

車窓にぼんやり眼を遣りながら、直子が呟いた。「なぜ釧路に向かったんでしょう?」

「知り合いがいて、潜伏するつもりかもな。麻美を庇《かば》う人間がいるんだ」

直子が躰を起こして正面を向いた。

「彼女は当初、丘珠空港から本土に行こうとしてましたよね」

「ああ」

「麻美の目的地は、やっぱり本土なんじゃないですか」

直子が自分の意見を言うのは珍しい。札幌では隅っこで黙っている。

「そうだろうな。だが、釧路から本土へ行くのは難しいぞ」

「空港も港もあります」

「釧路の空港は、依然、厳重な警戒で突破するのは不可能だ。港だって、釧路のフェリーは貨物専用、客は乗れないし、積荷もコンテナばっかりだから潜り込むのも無理だな」

「そっかあ……」

「知り合いの家に長期間潜伏して、ほとぼりが冷めた頃、どっかへ移動して本土に向かう、そんなところだろう」

「わたし、麻美の逃走に、なんかこう、執念みたいなものを感じるんです」

直子がまっすぐ目をすえてきた。

「執念？　犯罪者はみんなそうだ。肥溜《こえだ》めの中を這い回ってでも逃げようとする。おまけに麻美の罪はただの殺人じゃない。名倉の部屋に付きまくった麻美の指紋、たぶんヤツは何かを探した、で、見つけたブツをどっかに隠した。だから警察への通報も遅れた。ブツを持ち去ったとすれば、強盗殺人が成立する。強殺の量刑は死刑か無期の二つしかない。必死だろう」

「でも、逃げる以外に、無罪を主張して法廷で争うという選択肢もあったわけですよね？」

「それは無理だろう」生方は苦笑した。「あれだけ情況証拠があれば、有罪は固い」

直子はもじもじと下を向き、やがて、躊躇いがちに目を上げた。

「班長。わたし、目に焼きついてるんです」

「何が？」

「マル害（被害者）の葬儀の日の彼女の顔つきです。焼香に向かう時、キッと前をにらんで、なんかこう、挑むような感じで」

その顔は生方も覚えている。それまでのうなだれた顔つきが一変していた。

「んで……、だからなんだ？」

直子が訴えるように力を込めた。

「麻美の逃亡には何か特別な目的があるんじゃないか、ただ刑罰を逃れるだけじゃない、もっと別の目的が……。だからなんとしても本土に行こうとしている」

「……」

生方は苦く片頬を歪めて直子を見つめた。いきなりブッ飛んだ空想だ。

「いえ、思い過ごしかもしれませんけど」

直子があわてて言い添えた。

生方は呆《あき》れる思いで息をついた。

「いいか、溝口――」つい諭す口調になる。「捜査ってやつは、判《わか》った事実を積み重ねて方向を決めるんだ。事実だ。思いつきや印象じゃない」

「はい」

直子が目を伏せた。「藤木さんや伊藤さんにもそう言われました。思い過ごしだって」

「麻美がなぜ必死に逃げるのか。理由は明白、アイツが本ボシだからだ。殺《や》ってない奴は逃げない。逃げるってことはそういうことだ」

逃亡は最大の白白、司法の世界ではそうみなされる、裁判を放棄したのだから。警察だけではない、検事も裁判官も自動的にそう断じる。

「はい」

「犯罪者たちは想像を絶する執念で逃げようとする。自分の指を食いちぎった女もいる。顔を焼いた女もいる。奴らは逃亡の鬼になる。葬儀の時の麻美の顔はその顔だ」

「はい」

「麻美は本土に行こうとしている。北海道の犯罪者はみんなそうだ。道内にいればいずれ捕まる。いいか、犯人は目的があって逃げるんじゃない。逃げることが目的だ。逃げるために逃げるんだ」

「……はい」

生方は視線を車窓に移した。「頑固」という同僚の批評を思い出した。それに加えて素人のような思いつきを口にする。旭川で弁当売りのおばちゃんを捉《つか》まえたのはお手柄だったが、まだまだヒヨッ子の駆け出しだ。こいつが相棒……。小さくため息が漏れた。

鷺《さぎ》か鶴か、湿原の草の間から、白い鳥が真っ直ぐ空に飛翔した。

最果ての網走から来たというのに、釧路駅に着くと空気はもっとひんやりとして、生方は思わず首をすくめた。釧路は北海道でも屈指の寒冷地だ。直子とともに徒歩で道警釧路方面本部に向かう。

麻美は釧路に潜伏している可能性が高い。徹底的な「旅舎検」と、アパートなどを一軒一軒訪ねるローラー作戦、知り合いの洗い出しと張り込み、市内での目撃者捜しが不可欠だ。人手が要るが、捜査一課からの情報に公安一課は反応せず、「旭川重点の方針は変えない、釧路には人は出さない」と言ってきた。公安は、釧路潜伏の情報を〃ヨタ〃と見たようだ。根拠となるのは弁当売りと駅員の目撃証言だけ、その上、生方と直子の出張は、捜一が内緒でやった、いわば非公式な捜査だ。そんなものにいちいち振り回されたくない、というのが公安の判断だ。

さもありなん……と、生方は肩を落とした。警察のセクショナリズムは強烈で、道警に限らず、刑事と公安はどこの県警でも犬猿の仲。常に「俺たちが正しい」と言い張る、それが意地とプライドだ。

驚くべきことに、刑事部長も公安一課を支持し、釧路には捜一からも人は出すなと言ってきた。「久野麻美は、公二に任せろ」と。生方は、自分に一瞥もくれなかった刑事部長の、カマキリのような容貌を思い浮かべた。彼にすれば、虫けらの如き警部補、それもホシを取り逃がしたドジ野郎のネタなど聞きたくもないのだろう。

仕方ない、釧路方面本部に頼み込む以外ない、それが伊勢崎課長の決断だった。釧路はキャリアがおらず、方面本部長以下全員がノンキャリの叩き上げ、方面本部長と伊勢崎は旧知の間柄だ。

生方たちは直ちに方面本部の幹部たちとの打ち合わせに入った。方面本部長は快く協力を約束してくれたが、現場の空気は険悪だった。管轄外の事件にはテンション急降下というのが警察の習性のうえ、やって来たのがマル被を取り逃がした張本人だ。幹部たちの冷笑と、村瀬《むらせ》という捜査主任の射るような視線が突き刺さる。どこの組織でも上層部と現場の間には溝がある。生方の隣で直子が、居たたまれない顔つきで俯いていた。

それでも、「旅舎検」は釧路駅を起点に刑事課と地域課、所轄から二十名を動員して実施、市内の交番のハコヅメ全員に担当地域のローラー作戦に当たらせる、麻美の知り合い関係は捜一の調べと連動、住所が判明次第監視をつけること等が決まった。

「よろしくお願いします」

生方は、でっぷりと腹を突き出した村瀬主任に頭を下げた。

「オヤジ（方面本部長）が言うから、仕方ねえ」

村瀬は素っ気なく踵を返した。

生方と直子は、本部近くのビジネスホテルにチェックインすると、すぐ街に出た。さっそく目撃者を捜して歩く。


同じ頃、行灯《あんどん》電球が淡い光を放つ居酒屋「角勢」の店内は、魚を焼く香ばしい煙が充満し、酔客たちの笑い声で賑わっていた。

築五十年になる店の天井は、年季の入った板張りで、神棚に置かれた招き猫もオカメの面も、すっかり煤けて真っ黒だ。柱に吊《つる》した日めくりと、入り口近くのピンク色の公衆電話が、昭和に舞い戻ったかのような錯覚を起こさせる。中央の大きな炉を囲むように、半円形にカウンターがあって、置かれた鉢や皿には、ツブ貝やカレイの煮付けが盛られている。女主の沼田芳子が炉の前に陣取り、ジクジクと脂の粒を浮かせた、大ぶりの〝めんめ（キンキ）〟の干物を、「よっ」と声を出してトングでひっくり返した。

「んでさあ、恵子ちゃん――」

中年の客がさかんに、新参の店員、〝小野恵子〟に話しかける。女はジーンズに店のユニフォームの紺の絣《かすり》の上っ張りをはおっている。袖からのぞく、腕の細さが目を灼《や》く。女は寡黙だが、整った顔立ちのせいか、わずか一週間足らずですでに「角勢」の看板娘だ。

「俺がイーピンつもって国士テンパった途端に、正面の奴がロンだ。タンヤオのみだべ」

恵子は控えめに笑う。

「それも三人麻雀なの？」

客は大型トラックの運転手で、釧路西港に船積みのコンテナを牽引《けんいん》する。「角勢」に多い客筋だ。

「もち三マー。四人はかったるいべ」

「恵子、とうきび、まだかい？」

沼田芳子が、老婆のように曲がった腰を叩きながら声をかけた。

「はい。もうすぐ」

恵子は脇の大鍋を覗き込んで、菜箸でトウモロコシを転がした。

小野恵子の勤務時間は、夜の八時から午前二時までだが、「角勢」の二階に住み込んでいるため、買い出しや仕込みも手伝う。携帯電話すら持っていない素性のわからない女を雇うことに、板場を切り回す芳子の姪は反対したが、「悪い娘じゃないよ」と芳子が押し切った。

働き出して間もなく、仕込みをしていた芳子が、背を向けたまま恵子に言った。

「どんな事情か知らんがな、いつまでも逃げおおせるもんでないわな」

一瞬、ドキリとした。おそらく、ＤＶ夫か借金取りから逃げている女と思ったのだろう。仕事柄、そんな訳ありの女たちを数多く見てきたのかもしれない。

「材木町《ざいもくちょう》に、市川《いちかわ》っちゅう土建屋がおる。秋田の衆だべ。内地に行くなら、話してやっても

「ええ」

芳子は独り言のように呟いた。

生方と直子が釧路に来て二日が経った。二人は釧路駅を起点に、昼間はスーパーや個人商店、夜は飲食店や風俗店を回って目撃者を捜し続けた。市街の地図を五十の区画に分けて塗り潰していく。釧路方面本部の「旅舎検」でも、ハコヅメたちの聞き込みでも、いまだに麻美らしき女は浮かんでいない。

「なんか、街が寂しいなあ……」

街路を歩きながら、周囲を見回して直子が呟く。生方も、釧路のこの廃《すた》れようはどうだと、内心驚いている。大きなビルが並んでいるが、ほとんどにテナント募集の紙が貼られ、シャッターが降りた店も多い。道路が広いだけに閑散とした様がよけい目につく。

バブルは遅れて北海道にやって来て、すぐに去った。その頃建てたテナントビルやマンションがいまスカスカに空いている。若者は仕事を求めて故郷を出、道内では札幌への一極集中が止まらない。そこをコロナ禍が直撃した。北海道が被ったコロナの打撃は、地方自治体の中でも最も深刻なもののひとつだった。観光業が壊滅的被害を受けただけでなく、日本経済全体の萎縮は、金属や木材、土石といった基礎素材型産業に頼る道内経済を、これでもかというほどに痛めつけた。

「俺の里でもよ」

生方は後ろを歩く直子を振り返った。

「班長、小樽、でしたよね？」

「そう。去年、ショッピングセンターが潰れてさ。釧路にはそれでも漁業とパルプ、鉱山があるから、マシな方だと聞いていたがな」

「店が潰れてるの、札幌も、ですよ」

「最近またどっか潰れたっけか？」

「ええ。ツバメ屋って量販店が。学生のとき、バイトしてたんですけど」

直子の実家は札幌市内で小料理屋をやっているが、いまでも同業者の閉店が続いているのだという。

駅周辺の捜索を終えると、四日目から、生方は繁華街の多い市の中心部へと範囲を広げた。黒金町《くろがねちょう》から始まり、北大通りを挟んで、末広町《すえひろちょう》、その後、栄町、川上町《かわかみちょう》へと進む。

くすんだ赤銅色の夕陽が、釧路川の水面《みなも》を染め上げている。橋の上で、直子が歩みを止めてしばし見入った。

「疲れたか？」

声を掛けると、

「いえ、全然」

健気《けなげ》な笑みをつくる。笑うと目が糸のように細くなり、唇の端が上がってニコニコマークのような顔になる。

直子は、聞き込みは上手《うま》い。商店や呑み屋の軒先で、「すみませ〜ん」と大きな声を上げる時もあれば、笑みだけをつくってするすると奥に入って行く時もある。店の雰囲気によるが、その使い分けが絶妙だ。そして世間話風の物腰で根気よく訊き続ける。強面《こわもて》の男性刑事には反発する連中も、ニコニコマークと柔らかな声には警戒感が薄くなる。たぶん、直子はこの声と表情で辛《つら》い交番勤務を乗り切ってきたのだろう。老人や子供相手に、腰を屈めて話を聞く制服姿の直子が浮かぶ。「頑固」で減点、聞き込みで加点だ。

釧路に来て八日目。旭川からの日々を合わせると、出張はすでに二週間になり、連日の聞き込みで、ふくらはぎが丸太のように腫れ上がっている。疲れからか眼もかすむ。直子も口には出さないが、しんどそうだ。今夜は早目に引き上げた方がいいだろう。

陽が落ちると急に霧が立ち、店々の看板や電飾が、御簾《みす》が掛かったように霞み始めた。北大通りの東側、栄町にある、飲食店が長屋のように軒を連ねた一角に二人は辿《たど》り着いた。〝呑兵衛横町〟というらしい。幅二間ほどの道の両側に、焼きとり屋、ラーメン店、スナックなどが並び、生方と直子は、一軒一軒立ち入って麻美の写真を見せて回った。

午後七時。生方は、居酒屋「角勢」の引き戸を開けた。

魚を焼く煙と香ばしい匂いが鼻先に漂う。半円形のカウンターは、この時間ですでに七分《しちぶ》ほどが埋まっている。かなりの人気店のようだ。

入り口に立って、店内を見回す。板張りの天井にぶら下がった行灯電球が、淡く辺りを照ら

し、ピンク色の公衆電話がひと昔前を感じさせる。カウンターの内側の、大きな炉の前に座っ
た痩せた老婆が、黒い目玉でじろりと生方を睨んだ。ただの客ではないと直感したらしい。

「すみませ～ん」

直子が笑みをつくって声を上げた。

「はーい」

奥の板場から女の声が返ってきた。

若い女の声。

板場から女が出て来る。生方は、目を細めて注視した。

暖簾《のれん》の下に、紺の絣の腰の辺りが見える。

暖簾が動いた。

暖簾を分けて、若い女が姿を見せた。

頬がリンゴのように赤い、小太りの娘。

「ちょっと、お尋ねしたいことがあって――」

直子がするっと奥に入り、娘に歩み寄った。老婆の眼球が追うように動いた。

直子が胸ポケットから麻美の顔写真を取り出す。

「智子《ともこ》！」

突然、叱りつけるような声が飛んだ。

「あんた、西《にし》さんのお銚子、早くしな！」

老婆が、顎でカウンターの左端の客を指した。

「はい……」

老婆の険しい表情に、娘は驚いた様子で再び板場に引っ込んだ。

「何ですね？　あん娘はバイトなんでね」

老婆が躰を捻って直子に顔を向けた。

「ちょっと伺いたいことが」

直子が糸切り歯を見せる。

老婆は、丸々と膨らんだ烏賊《いか》をトングで摘まみ上げると、ゆっくりと立ち上がった。枯れた指で客のいないカウンターの右隅を指す。

「この女の人を捜してます」

直子は二つ折りにした麻美の顔写真を広げた。

「へえ……」

老婆が首から吊るした老眼鏡をかけた。

「どこかで見かけたことありますか？」

「この人が何か？」

「家族が捜しておられて」

「家出かね？」

「まあ……」

「あんた方は？」

直子は他の客に気づかれぬよう、ちらりと警察手帳を見せた。老婆の目が剣呑《けんのん》に細まった。

「知らねえ。ここに来たこたあ、ないと思うべ」

写真に顔を近づけて、老婆は首を傾げた。

「そうですか。ありがとうございました！」

直子が明るい声で言い、「この人を見かけたら、連絡下さい」と、携帯の番号が入った名刺を差し出した。

老婆は黙って受け取った。

「お芳さん！　お勘定！」

カウンターの白髪の男性客が手を挙げた。早くから呑んでいたのか、すでに顔が真っ赤だ。

「へへ、きょうも恵子に会えんかったなあ」

客は、酔眼を細めてニヤついた。

「恵子さんは八時から。あたしがいるじゃない、あたしが」

銚子を盆に載せて運びながら、智子と呼ばれたバイト娘が頬をふくらませた。

生方は、老婆の肩が、一瞬、ひくりと動いたのを見た。

「どうも。お騒がせ」

生方は老婆に手を挙げて、店を出た。

数メートル歩いて振り返る。遅れて出て来た直子に、唇にひと指しを当てて沈黙を指示した。

すぐに、勘定を終えた白髪の男性客が引き戸から現れた。生方はやり過ごし、背後から声をかけた。

「すみません」

男が振り向く。

「さっき言ってた恵子という女の人ですが」すばやく警察手帳を見せる。

男の顔がにわかに強張った。

「この人ですか？」

麻美の写真を見せた。

「ええ」

男がうなずく。生方は肌がざっと波立つのを感じた。麻美がいる。この店に。

「名前は？」

「小野恵子」

「ここで働いている？」

「角勢」を目で指して念を押す。

「ああ。二、三週前から」

「毎日、八時から店に出る？」

「そう。この二階に住み込んでるから」

生方は「角勢」の二階を見上げた。一角に電燈が点《とも》っている。たぶん、麻美の部屋だ。

「何ですか？」男の眼に好奇の色が浮いた。「恵子が何かやったの？」

「いや、ちょっと捜索願が。ご内密に」

生方はまた唇にひと指しを当てた。

「家出かあ……」

男は落胆したようだった。

「どうも」

生方は、なおもの問いたげな白髪男を会釈で遮断した。

男が去ると、生方は直子に裏口に回るように指示し、Ｐフォンで釧路方面本部の村瀬主任を呼び出した。


〝呑兵衛横町〟の入り口に、音もなく三台の覆面パトが到着したのは、それからわずか数分後のことだ。六名の私服刑事がゾロゾロと降りてくる。生方は喉元まで突き上げた言葉を、すんでのところで呑み込んだ。人数が少ない。札幌なら最低でも二十名は動員する。方面本部は明らかに麻美を女だと侮っている。最後に、捜査主任の村瀬が肉のついた躰を揺すりながら現れた。

「お疲れさん」

「二階に」

生方は目で指した。

村瀬はちらりと「角勢」に眼を遣ったが、すぐに視線を生方に戻し、有無を言わせぬ口調で言った。

「ワッパはウチでかけさせてもらう。いいな」

やはりそう来たか……。生方は、ひとつ息をついてから肯《うなず》いた。

「いいでしょう」

警察は不思議な世界だ。手柄は手錠をかけた者が独占すると決まっている。逮捕に至る経緯は一切無視、サッカーのようなアシストポイントはない。だから、犯人に複数の刑事が飛びかかった時など、それぞれが手柄欲しさに手錠をかけ、犯人の両手両足が手錠だらけになるという笑えない話もある。

村瀬は、麻美逮捕の手柄は釧路方面本部が取る、と宣言したのだ。村瀬に応援を頼んだのは、もちろん麻美を確実に捕えるためだが、方面本部に義理立てしたからでもあった。手柄は譲る。こっちはその後、身柄をもらえればそれでいい。

「おい」

村瀬が背後の捜査員たちに顎をしゃくった。「角勢」の正面を村瀬以下四人の刑事たちが扇形に囲んだ。残りの二人は直子のいる裏口に向かう。

〝裏手〟が薄い。生方も跡を追って裏口へと急いだ。

霧が急速に濃くなっている。

〝呑兵衛横町〟の端を曲がったとき、生方は思わず大きく舌打ちした。前方に、赤色灯を点したパトカーが駐《とま》っている。村瀬には、私服と覆面だけで来いと、あれほど言っておいたのに。

女は、訝しげに眉を寄せた。瞼の端に、微《かす》かに色彩を感じた。書きかけの手帳から眼を上げ、腰を浮かせて机の前のガラス窓を開けた。冷たい空気が流れ込む。前方の、〝呑兵衛横町〟の南端、焼きとり屋の向こうの霧が仄《ほの》かに赤く染まっている。

赤色灯。

ざっと肌が粟立《あわだ》った。

警察……。


「角勢」に踏み込んだ村瀬は、女主の沼田芳子に警察手帳を見せ、「小野恵子の部屋の鍵を出しなさい」と命じた。客たちが凍りついた表情で刑事たちを見ている。芳子は観念したように、のろのろと立ち上がった。

村瀬を残し、三名の刑事が板場の横の階段を昇った。従業員用の小部屋は、二階の突き当りだ。

「小野さーん。小野恵子さーん」

ひとりの刑事が優しげな声音で呼びかけ、ドアを軽くノックした。別の刑事がしゃがみ込んでドアに耳を当てる。微かにシャワーの音が聞こえる。刑事たちは顔を見合わせた。マル被は中にいる。

「小野さーん。小野さーん」

村瀬が現れて刑事たちに鍵を渡した。シリンダーにそっと鍵を差し込み、わずかにドアを開けると、すぐさま蹴り倒すような勢いで刑事たちは部屋になだれ込んだ。

部屋に女の姿はない。シャワーの音がする。

刑事がユニットバスの扉を強く叩いた。

「構わん」

村瀬の声で、ノブを摑んで開けた途端、「クソっ！」、刑事の口から怒声が迸った。女はいない。全開のシャワーが空しく湯船を叩いている。別の刑事が飛びつくように西向きの窓を開けた。

「逃げたああ！　屋根だ！　屋根づたいっ！」

刑事の叫び声に、裏口に立っていた生方たちは一斉に上方を見上げた。だが、濃霧に看板の照明が反射して何も見えない。

バカな！　食い込むほど奥歯を嚙みしめた。目を凝らすと、「角勢」の棟続きのラーメン店のトタン屋根があって、その先に木造りの物干し台が突き出ている。上空には何本もの電線が輻輳《ふくそう》している。

直子がものも言わずに走り出した。他の刑事たちも屋根を見上げながら走る。生方はさらに目を見開いて女の影を探した。

「いたぞ！　発見！」

頭の上で声がした。ドカドカとトタンを踏む音がする。

「あそこ！」

立ち止まった直子が指を差した。見上げると、霧の中にぼんやりと、フードを被った濃緑色のハーフコートの背中が見えた。麻美は屋根の際にしゃがみ込み、反対側の道路に飛び降りようとしているようだ。

「動くな！」

屋根上の刑事たちが叫びながら、ジリジリと近づいていく。

直子と裏口組の刑事たちが、降下地点に向かって〝呑兵衛横町〟を回り込むべく走り出す。

「動くな！」

二階家の屋根から地表までは一〇メートル近くある。飛び降りるのを躊躇《ちゅうちょ》しているのか、麻美は微動だにしない。

「うん？」

接近した刑事のひとりが異常を感じて眉を寄せた。

慌てて、ダッと飛びかかる。

「ちくしょう！」

次の瞬間、夜空に怒声が響き渡った。刑事が、テレビの屋外アンテナに被せられたハーフコートを持ち上げた。

釧路方面本部は直ちに緊急配備をかけた。市内二十カ所に検問を張るという。

「大丈夫だ、市街からは出られねえ。袋の鼠だ」

地図を指差しながら村瀬主任が言う。釧路市の中心部は、東側を走る釧路川と西側を走る新釧路川に挟まれている。「角勢」のある栄町もその中にある。方面本部は、二つの川にかかる十一本の橋をすべて封鎖し検問を張る。橋を越えなければ、中心部から出られない。

生方は腕時計に眼を落とした。村瀬は自信たっぷりだが、麻美を見失ってから、すでに十分以上が経過している。警察の動きは、テレビドラマのように機敏ではない。検問を張るといっても、別の業務についている警官たちを引っぺがして掻き集めるのだ。各所轄は大混乱。それから準備を整えて出動し、所定の場所に行き着くにはまだかなりの時間がかかる。


道道53号線を西に向かって疾走する一台のタクシーが、新釧路川にかかる鉄北大橋に到達したのは、釧路署から緊急出動した検問部隊が橋に着いた直後だった。パトカーの後方に停車したワンボックスカーからバラバラと警官たちが降りて、やっこらさと交通規制のセイフティーコーンを運び出す。その脇を、タクシーがすり抜けるように通過した。

生方は、麻美が起居していた「角勢」の小部屋に入った。真っ先に目に付いたのは、部屋の隅に放置された、黒色の大きなデイパックだ。中には、衣類、シャンプーやタオル、歯ブラシといった旅行グッズのほか、カメラや双眼鏡、北海道の地図、時刻表などが雑多に詰め込まれていた。注目すべきは現金がないことだ。麻美は、最小限必要なものを別のバッグに詰めて持ち去ったのだろう。

「班長……」

しゃがみ込んだ頭の上で、直子の震えるような声がした。目を遣ると窓際の机の前に突っ立って何かを見ている。

「どうした？」

立ち上がって覗き込むと、直子の顔は青ざめ、視線は広げられた黒革の手帳に注がれている。手帳を置き忘れたということは麻美の動転を想像させる。直子は白手袋をはめた指先で真新しいページを差した。

「この日……」

十一月十一日の日付が赤ペンで囲んである。

直子が、怖いものでも見たみたいに呟く。

「この日がどうした？」

「名倉の自宅なんですけど、キッチンにカレンダーが掛けてありました。十二か月が一面に載った大きなもので、それも十一月十一日が赤丸で囲んでありました」

生方はすっと血が引くのを感じた。

「確かにこの日か？」

「間違いありません。現場写真のどれかに写っていると思います。確認できます。名倉がつけた赤丸は太くて大きかったです。赤丸印は他にほとんどなくて、その日は名倉にとってよほど大事なイベントがあったんじゃないかって、印象に残りました。藤木さんと伊藤さんには言ったんですけど、取り合ってもらえなくて」

途中から捜査に加わった生方は、そんな話は聞いていない。生方は口中で唸った。十一月十一日。どういう意味があるのかわからないが、少なくともこの日を、被害者と加害者が共通に認識していたとは言える。

「ここにも」

ページをめくっていた直子が、二つ目の赤丸を指した。

十二月二十五日。クリスマスだ。

「名倉のカレンダーはこの日も丸で囲ってあったか」

「はい。あったような気がします。でも、クリスマスだから……」

クリスマスにはたいていの人間に予定がある。直子が特に注目しなかったのは仕方ない。だが、麻美と名倉の二人が同様に囲んでいたとすれば話は別だ。十一月十一日とクリスマス。一体、何があるのか……。

低い空に突き出した、恐竜の首のようなコンテナ用のクレーンが霧に煙っている。東の空の群青がほのかに紫色に変わり始めて、夜が明けていく。霧は依然として濃く辺りを覆い、朝なのに夕暮れのような薄暗さだ。

　釧路西港は広大で、第一から第四まである埠頭《ふとう》が五キロ以上にわたって続いている。女は、第一埠頭の倉庫の陰に身を潜めている。朝の冷気がセーターの編み目を通して肌を刺し、吐く息が白く流れる。

　夜明けとともに、港は急速に活性化する。霧の中に黄色い二つの光が浮かび上がると、ぬっと大型トラックが姿を現し、轟音をたてて何処《どこ》かへと走り去る。前方の埠頭には巨大なＲＯＲＯ船が接岸し、ぱっくりと船尾を開けている。ＲＯＲＯ船は貨物専用のフェリーのことだ。大型船で、一度に数百のコンテナを積載する。釧路西港での積み荷は、農産物、生乳、紙パルプなどで、本州各地と韓国の釜山《プサン》港に行く。いずれも契約業者の荷で、一般の荷物は扱わず、もちろん旅客が乗ることはできない。新釧路川を挟んで東側にある釧路漁港は、漁業関係者や観光客で賑わうが、西側にある西港は貨物専用の波止場で、だだっ広い道路に沿って倉庫が点在し、出入りするのはもっぱら運送業者だけだ。

　赤と白のストライプで塗装された船会社のヘッドが、次々にコンテナを引っかけ、ランプウェイを登って船内に運んでいる。ヘッドとは、荷台を切り離したトラックの運転席部分を指す。巨大コンテナを引っ張って港に来た大型トレーラーは、後部のコンテナ部分を埠頭で切り離し、ヘッドの姿で港を去る。出航間際に、船会社の専用ヘッドが残されたコンテナをつないで船に引き揚げる。ＲＯＲＯ船は、法律で決まっている十三台を除いて、運転手のいるトラックは積載しない。

栄町の居酒屋「角勢」からこの埠頭までは約七キロ。女は店で客のトラック運転手たちからＲＯＲＯ船の情報を集め、時折、自転車でやって来ては、船積みの作業を観察してきた。積まれる荷は、きょうも固く封印された鉄製のコンテナのみで、荷台に潜り込むことは不可能だ。

ダメか……。

女は悔しそうに唇を噛んだ。焦燥が胸を揺する。ここにもやがて警察の手が回る。残された道は、きょう中にＲＯＲＯ船に乗り込んで北海道を離れることだ。けれど、乗り込む術《すべ》が見つからない。

きょう西港を出るのは、いま荷積みしている午前八時に出航する山崎《やまざき》汽船と、第二埠頭から午後二時に出航する若林《わかばやし》海運の船の二隻だけだ。遅くとも午後二時までには、活路を見出《みいだ》さなくてはならない。

白い大型のトラックがゆっくりと埠頭に進入してきた。「シュー」とエアブレーキから空気が抜ける音がして、車は目前で停止した。女は倉庫の陰を出て、広い埠頭に歩み出た。真冬のような寒風が音をたてて吹きつけ、セーター姿の躰に両腕を固く巻きつけた。

小太りのドライバーが降りて倉庫の方に去った。女はトラックに歩み寄ると、まだ新しい車体をしげしげと眺めた。白色のヘッドに、「Ｙ－ＬＩＮＥ」と大きく書かれた青色のコンテナを連結している。おそらく、このトラックはＲＯＲＯ船にドライバーとともに乗る十三台のうちのひとつだ。といっても、助手席に人を乗せるわけではない。乗員は運転手一人に限られる。

トラックの後ろに回ってみた。鉄製のコンテナの扉は、太い金具で厳重に封印され、潜り込む余地はない。女は失望のため息を漏らした。

ぐるりと車を一周した。フロントガラスは広く、新型のコックピットの内部は飛行機の操縦席のようだ。磨き上げられたボディに薄綿のように霧がまとわりつく。やがて、さ迷っていた女の視線が車体の一箇所で止まり、そこに釘付けになった。女の見開かれた両眼が、何かを見つけたように、爛々《らんらん》と輝き始めた。

その二時間後の午前八時、船腹に三百十五のコンテナと十二台の有人トラックを積載した山崎汽船のＲＯＲＯ船「ゆうなみ」は、第一埠頭の岸壁を離れた。一路、茨城県の日立港に向かう。日立到着は二十時間後の翌朝四時だ。

釧路方面本部の捜査陣が、麻美らしき女を乗せたというタクシー運転手を摑まえたのは、半日後の夕方四時だった。女は、栄町の〝呑兵衛横町〟の近くにあるビジネスホテルの前で乗り込み、「西港」と行き先を告げると、「急いでほしい」と運転手に一万円札を渡したという。方面本部は直ちに港に捜査員百人を派遣、警察犬も投入して、女が降りたという第一埠頭をはじめ、四つの埠頭の捜索に着手した。

第二章

不審

1

夕張は、燃えるような紅葉に包まれていた。真っ赤な山肌をバックに、朱色に塗られた鉄骨組みの立坑櫓《りっこうろ》が、青空にくっきりと映えている。今年の北海道は暖かく、冬の訪れが例年より遅い。夕張市の中心部から鹿《しか》の谷《たに》を越えて緩やかな坂を上ると、「夕張希望の丘」と書かれた赤茶けた煙突が見える。立坑櫓はその先にある「石炭博物館」の敷地の中にそびえている。

「立坑櫓っていうのは、地上と採掘場をつなぐエレベーターのようなもんだ。かつてはここから、炭鉱夫たちが坑道に下って行った」

生方が説明すると、

「はぁ～」直子が躰《からだ》を反らして、高々とした立坑櫓を見上げた。道産子のくせに、夕張に来たことがないというから呆れる。

十一月一日。生方らは釧路から札幌に戻る途中、夕張に立ち寄った。

「いいんですか？　真っ直ぐ帰らなくて……」夕張に行くと言うと、直子が不安な顔つきになった。昨日、至急帰札するよう厳命を受けている。釧路での麻美の捜索はいまも大々的に続いている。道警は捜索範囲を釧路から道東一帯に広げ、二百人の捜査員を投入、厳重な検問を張り、旅舎検を急ぐとともに、港から海上に出る可能性もあるとして船舶の臨検にも乗り出した。その最中に突然下った帰札命令は、またも麻美に飛ばれた生方に対する道警上層部の怒りの表れだ。「生方を外せ！」と、刑事部長が喚《わめ》き散らしているらしい。伊勢崎課長らが押しとどめているが、今後、捜査の前面に出られなくなる可能性は高い。

それでも、麻美にこの手でワッパを掛けるという生方の決意は、一層、強固になっている。もう、助っ人でも代打でもない。完全に俺のヤマだ。自分のヤマである以上、一から調べ直す。麻美と被害者である名倉高史はどこで結びつき、二人の間に何が起き、なぜ殺害に至ったのか、事件の全容を解明する。二人の関わり、関係者がわかれば、麻美が行き着く先が摑めるかもしれない。どこに逃げようが、必ず突き止め、逮捕する。

〈そうやって意固地になるところが、ゴロさんの悪い所だべ〉

きっと、親友の西南署長、長井努はそう言うだろう。だが、これは捜査畑一筋できた生方のどうしようもない意地だ。

腕時計に眼を遣《や》ると、午後一時過ぎ。約束の三時まではまだ間がある。二人は、人影まばらな博物館の周辺を散歩した。

明治以来、日本の産業を支えてきた夕張炭鉱が閉山したのは、一九九〇年のことだ。

そしてその十六年後の二〇〇六年、夕張市は財政破綻し、財政再建団体に指定される。

消費され、遺棄された地方の街。夕張ほど、日本の産業史の陰影を色濃く反映した場所はない。

一帯は、旧北炭（北炭夕張炭鉱）の跡地だ。赤煉瓦《れんが》がすっかり色褪《あ》せ、白っぽくなってしまった半円形の建物が見える。「天龍坑」の入坑口だ。壁面には青黴《かび》がこびりついている。群生する蓮《はす》に似た丸い葉の植物が周囲を覆い、奥の坑口は厚い木製の扉で厳重に封印されている。昭和十三年、この天龍坑で大爆発事故が起きた。爆発後の坑内火災を鎮火するため、中に炭鉱夫たちを残したまま、大量の注水を行ったという。百六十一人が死んだ。閉ざされた坑道の奥からは、非情に切り捨てられた炭鉱夫たちの呻《うめ》きが聞こえてくるようだ。夕張炭鉱はいまだに豊富な石炭を蔵している。閉山となったのは、輸入炭に価格で勝てなくなったことと、爆発事故が頻発したからだ。

麻美に殺された名倉高史も、夕張で生まれ育った。

祖父、そして父も一時は炭鉱夫だったという。名倉は、かつて夕張の丘の斜面を埋め尽くした「炭住《たんじゅう》」と呼ばれる長屋で幼少期を過ごし、その後炭鉱夫をやめた父らとともに近隣の栗山町に移った。

夕張に来たのは、名倉の幼馴染《おさななじみ》で、夕張の高校で教員をしている原口敏明《はらぐちとしあき》という男に会うためだ。翻訳家という孤独な居職の名倉が、たまに酒を酌み交わす相手が原口であることは、捜査記録にも記載されている。

生方と直子は博物館をあとにすると、レンタカーで丘を下り、街中に出た。古い邦画の大きな絵看板が目につく。「男はつらいよ」「東京物語」「遙《はる》かなる山の呼び声」……。キネマ街道というやつだ。ここで映画祭が開かれたのをきっかけに、町興しを兼ねて絵看板を並べ始めたという。平日の昼下がり、通りは閑散として、見かけたのは犬を連れた老人と郵便配達のバイクだけだ。この坂を下った先に原口の勤める高校がある。昨夜電話で問い合わせたところ、授業が終わる三時過ぎに来てくれということだった。

　高校は色褪せたクリーム色の建物で、黒色の平地に素っ気ない長方形の校舎がポツンと放り出されたように立っている。夕張は人口減で、いくつかあった高校も廃校と統合を重ね、いまではこの一校になっている。名倉高史が卒業した高校も、いまはない。

　名倉の親友、原口敏明は、小太りのいかにも教員らしい好人物然とした男だった。少しくたびれたこげ茶のジャケットの袖口に、かすかに白墨の汚れがついている。

　生方たちは、職員室の隣の長細い会議室に通された。パイプ椅子に折り畳みの会議机。二重ガラスの厚い窓から、ブラスバンドの練習の音がかすかに聞こえる。

「そうですか、石炭博物館に」

　原口は洒脱《しゃだつ》な笑みと手振りで席を勧めた。

「ええ。せっかくですから」

　生方はパイプ椅子に腰を下ろした。

「あそこは実は、名倉のお気に入りの場所でしてね。ほら、あいつはもともと炭住にいたから。子供の頃からよく丘に登って街を眺めていましたよ。あそこに〝希望の丘〟って看板があったでしょう？　煙突のところに。なんとも皮肉なネーミングですよ、夕張にとっても、名倉にとっても」

「名倉さんのお気に入りの場所とは知りませんでした」

「高史は、あんなことになって……」

原口はやや後退した前頭部をつるりと撫でた。名倉が死んでまだ一か月ちょっと、平静を保とうとしているのだろうが、頬骨の辺りがかすかに歪《ゆが》んだ。名倉の四十九日の法要がまもなく近くの寺で営まれるという。

「名倉さんとは、ずいぶん親しく？」

生方は質問を切り出した。

「ええ、中学の頃から。高校も一緒でね。名倉も私も剣道部にいました。奴は東京の大学に行き、私は道内の学校に進みましたが、帰郷する度にたいてい会ってました。当時は、彼から聞く東京の話が眩《まぶ》しくてね」

「名倉さんは、どんな方でしたか？」

「どんなって、まあ、性格はやんちゃというのかなあ、口八丁手八丁の、よく言えば才気煥発《かんぱつ》、悪く言うと、うーん、小生意気な少年でしたかねえ、フフフ。俺は東京に行くってのが、子供の頃からの口癖で、まあ、ボーイズ・ビー・アンビシャスを地で行くような」

原口の目が懐かしむように細まった。

「野心的だった？」

「ええ。端的なのが、大学でしてね。北大を受験するように教師からは言われたんですが、彼はどうしても東大に行くんだと」

「ほう」

「教師が北大を勧めたのは、彼の家庭の事情もありました。東京に出せるほど裕福ではなかった」

「でも名倉さんは──」

「ええ。強引に東大を受けて、落ちて、で、早稲田に行ったんです。だから学費は奨学金、生活費はもっぱらバイトでね。苦学生ですな」

「名倉さんは理工学部なのに新聞社に入られました。これもちょっと変わってませんか」

「理系出身の記者はそこそこはいるらしいですが、まあ、変わり種でしょうね。大学で彼がいたのは電子通信学科っていうところでね。新聞社を選んだ理由は多分、あいつの性格からして、おとなしい技術屋の世界が性に合わなかったんでしょう。よく、つまんねえ連中だとか、羊の群れだとか、同級生をバカにしてましたから」

「新聞社では？」

「ハハ、これがまた生意気で。同僚たちをアホだクズだとケチョンケチョンでした。それでもアメリカに留学までさせてくれたんだから、会社はそれなりに評価してたんじゃないですかね。ITがわかる理工出の記者は、重宝されたみたいです」

名倉高史の自信家で野心的な側面が浮かんでくる。この性格が麻美の殺意と関係があるのか……。

「しかし……」

原口が急に俯《うつむ》いて沈んだ顔になった。「なんの因果か、と思いますすねえ……」小さく息をつく。

「因果？　何か思い当たることが？」

横で直子がペンを止める気配がした。

「名倉の一族は可哀《かわい》そうですよ」

「一族？」

「ええ。名倉の叔母たちのことですが。ご存知ない？」

「叔母……いえ」

生方は苦く首を振った。そうなのだ。本来なら被害者の周辺をもっと洗っておくべきなのだ。発生からわずか九日で麻美の逮捕に踏み切るという上層部の判断が、捜査に穴をあけている。

「昔の話ですがね、あいつの叔母、母親の妹ですけど、その人と息子さんも事故で亡くなってるんです」

「ふーん」生方は身を乗り出した。

「もう十九年も前ですか。私らが二十八の時ですから」

「どのような事故で？」

「交通事故ですよ。轢《ひ》き逃げ。名倉の叔母が自転車に子供を乗せて横断中に撥ねられて。二人とも亡くなった」

「犯人は？」

「いや」

原口は首を左右に振った。

生方はかすかに首を捻《ひね》った。轢き逃げの検挙率は高い。お宮入り（迷宮入り）というのは珍しい方だ。

「亡くなった叔母さんは、栗山の中学校で英語の教員をしてまして、名倉は子供の頃から英語を教えてもらっていたそうです。なんでもアメリカの短編小説を丸ごと暗記したとか。そうそう、エドガー・アラン・ポーの黒猫。あれを叔母さんと一緒に全部覚えたって言ってましたね。そのせいか名倉は英語の成績が抜群でした。彼はこの叔母を慕っていて、亡くなった時は、奴には珍しく号泣していました」

十九年前の轢き逃げ事件……。生方は頭をめぐらした。これが名倉の殺害に関係するかどうか。名倉の側が加害者というなら、怨恨もあるかもしれない。だが、被害者だ。しかもその頃麻美は八歳。生方は事件をそっと頭の隅に押しやった。

「一番最近、名倉さんとお会いになったのはいつですか？」

生方の沈黙を埋めるように直子が質問した。原口は、亡くなる前の九月十日の夕方、名倉がぶらりと訪ねて来たと答えた。

「なんで突然来たんでしょうかね。なんか、虫の知らせのようなものがあったのかもしれません」

「その時の様子はどうでしたか？」直子が質問の許可を求めるように生方をちらりと見た。ヒラ巡査が班長の尋問に口を挟むことはあまりない。生方は眼で促した。

「たとえば、なんとなく落ち込んでいたとか、不安そうだったとか？」

「いやー、そんな様子はなかったです」

原口が記憶を手繰るように指で頭髪をいじった。「むしろ、元気というか、普段より明るかったような感じでした」

「元気……。どんなお話を？」

「うーん、たわいもない世間話です。いまの道知事がどうだとか、そんな話もありましたかね」

「他には？　いつもと違う話題とか……」

「ああ、そう言えば、奴には珍しくお土産をくれましてね。岐阜に行ったって言ってました。お土産はそこの羊羹《ようかん》でした」

「岐阜へ？　いつ頃？」

「さあ、そこまでは。三、四日前か、一週間前か、ちょっと前って感じでしたが」

「岐阜のどちらです？」

「いや、それは知らないです。ただ岐阜と。目的も仕事とかって言ってたんじゃないかな。詳しくは聞いてません。岐阜には八月にも行ったとかって」

「どんな羊羹ですか？　銘柄とか覚えてますか？」

生方は割り込んだ。羊羹から岐阜のどこかが分かるかもしれない。

「店の名前はわかりませんが、ちょっと変わった、朱色の羊羹でした。竹の容器に入った、なんでも柿でつくったとか」

「柿の羊羹、ですか……」

生方はメモに記した。殺される直前、名倉は複数回岐阜を訪問していた。岐阜に何かあるのか……。


生方と直子が札幌に戻ったのは午後九時を過ぎていた。捜査本部のある北警察署に直行し、地下にある捜査資料が積まれた部屋の扉をものも言わずに開ける。鞄《かばん》を隅の小机に放り出し、コートを着たままパイプ椅子に座った。

調べは一からやり直しだ。地下室は倉庫のような空間で、空調もなく、打ちっ放しの分厚いコンクリートを通して、ゾワゾワと冷気が足下から這い上がってくる。

判明した事実は、名倉と麻美がともに十一月十一日を、そしておそらく十二月二十五日をも、特別な日と認識していたこと、事件の直前、名倉が岐阜を訪れていたことだ。

当面、解明すべきは、十一月のことだ。十一日まであと十日。時間はない。この日に何があるのか突き止め、麻美が現れる場所を割り出さねばならない。

名倉が死んだのは、九月二十八日。十一月十一日は一か月半も先だ。一か月以上前から予定されていること……。公的な行事、スポーツなどのイベント、誰かの結婚式、誰かの帰国、映画や芝居の封切り……。一体、何だ？

岐阜については、九月以前の二か月間の搭乗名簿を航空会社に照会したところ、名倉は八月二十四日と九月四日のＪＡＬ羽田行きの早朝便に搭乗し、両日とも同じ日の午後八時半羽田発の便で帰札していることがわかった。これが岐阜を訪ねた日と思われる。名倉の親族、知人のリストに、岐阜の居住者や出身者を探したがいなかった。麻美についても同様だ。十一日に岐阜県内であるイベントを調べたが特段のものはなかった。

名倉が土産にした柿の羊羹は、岐阜市の中心部にある神田町《かんだまち》の「美濃屋《みのや》」という和菓子店のものと判明した。竹を割った容器を使うのはこの店だけだ。竹林のそばに植えた柿は甘味が増すそうで、それが容器の謂《いわ》れだという。

押収した麻美の所持品と領置した名倉の遺品は、段ボール箱三十箱くらいになる。積み上げられた箱の上によじ登って、片っ端から開け、書簡、メモ類、伝票、書籍などを引っぱり出す。生方が書簡やメモ類、直子が書籍などと手分けして読みはじめた。名倉のパソコンは、データの分析のため、科捜研にある。分析が終わり次第、中身を訊《き》く。

ライターという職業柄、名倉に蔵書が多いのは当然だが、麻美の押収品にも書物がやたらと多い。それも、警察白書、警職法の参考書、法医学の解説書、救急法……、警察関係の本が大半だ。麻美は、道警の追跡の裏をかくほどに捜査に精通していた。顔認証システムさえ逆利用した。

〈おれは何にも教えちゃいねえ。あの子が見よう見真似で、全部ひとりで呑み込んだ〉

興信所長、五十嵐剛の台詞を思い出す。麻美は努力家らしい。本を通じて知識を蓄えていったのだ。

書物には、文章の脇に赤線が何本も引かれ、余白に細かい字で書き込みがある。こうした書き込みに、十一日について何か記されているかもしれない。

書物のチェックを直子に任せ、生方は麻美の履歴をもう一度念入りに読み始めた。こういう作業は、本来、被疑者を取り調べる前にやっておくべきものだが、今回はその十分な時間もなかった。いきなり調べを任され、しかも四十八時間以内に是が非でも落とせと厳命されたのだ。

麻美の父親は北海道庁の職員だったが、彼女が幼少の頃に失踪。その後行方が摑めていない。麻美は公立中学の事務の仕事をする母親の手で育てられた。高校は道内有数の進学校で、ほとんどの生徒が大学へ行く。麻美が進学をやめた理由は、「経済的な事情」と記されている。進学できない鬱憤からか、高校時代は陸上競技に打ち込んで、道内の競技大会で入賞している。麻美が十七歳の時、母親が病死した。麻美は親戚などの援助に頼らず、札幌市内の青果店に住み込んだ。高校は三年になった直後に中退している。葬儀会場で見た、麻美の鼻筋のとおった横顔が浮かぶ。麻美には周囲の人間を寄せつけない、孤高性のようなものを感じる。男性関係も浮かんでいない。

孤独の匂いは名倉にもある。四十七歳まで独身。最近も深い女性関係はなかったようだ。孤独な加害者と孤独な被害者。二人はどこで出会い、どんな関係だったのか？　当初の見立て、カネ目当ての男女関係は正解なのか？

時間は刻々と過ぎる。直子が書物から顔を上げた。デスクには積み上げられた書物の柱が三本。充血した、もの問いたげな眼を生方に向けてくる。

「班長、このあと――」

署に戻る前からずっと言いたかったことだろう。内容はわかっている。

「行くしかないだろう」

と、生方は応じた。

岐阜に行って名倉の足取りを追う。捜査は現場からしか始まらない。難色を示すだろうが、一課長に言って出張の許可を取る。


翌日の午前、生方は一課長の伊勢崎を探したが、道警本部に行ったきりでつかまらなかった。直子とともに資料の読み込みを続けたが、午後一時過ぎ、北署の副署長から「重大情報」がもたらされた。

〈茨城県警が、顔認証システムに久野麻美のデータを打ち込んだところ、蓄積された映像の中に、水戸《みと》市内を歩く同女の姿を確認した。時間は、十月三十一日午前十時四十五分〉

麻美は水戸にいる――。一階に駆け上がると、捜査本部は大騒ぎになっていた。

道警は、茨城県警に捜査協力を要請するとともに、公安一課から十名、捜査一課と北署からも五名の捜査員が水戸に急行した。


その数時間後、茨城県警本部前の広々とした通りは、黒塗りの警察車両と、オフホワイトにブルーのストライプが入った大型バスで埋め尽くされた。排気ガスの匂いが立ちこめ、投光器の白い光が、車両から続々と降りてくる機動隊員たちを冷たく照らす。隊員たちは全員、編み上げの半長靴に紺の出動服を着用し、長い警杖《けいじょう》を持って藪《やぶ》や草原の捜索に備えている。

麻美捜索のために警視庁から動員された第四機動隊の主力部隊は、午後東京を出発し、つい先ほど到着した。これに先着していた関東管区機動隊の一部が加わり、捜索隊の総員は実に八百七十五名に上る。捜索の総指揮は警察庁の公安総務課長が執り、すでに県警本部内に設置された特捜本部に入っている。

捜索は現在、水戸市内を中心に実施している。繁華街の巡回はもちろん、主だった宿泊施設についても旅舎検を実施、鉄道の主要駅は改札の一部を閉鎖した。しかし、足取りはつかめていない。麻美がすでに水戸を離れ、①県外に出た可能性、②県下のいずこかに潜伏している可能性、の両面から捜索態勢を構築する。情況から見て、麻美は釧路西港で何らかの方法によりＲＯＲＯ船に潜入、日立港に向かった。麻美にとって、茨城は単に船が着いた場所であって、目的地ではない。必ず県外に出ようとするはずだ。潜伏の可能性が高いのは、移動しやすい幹線道路沿いと鉄道の沿線だ。捜索本部は、機動隊を八十の小隊に編成し、茨城と近隣各県の幹線道路、鉄道路線に張り付けた。各小隊は沿線をパトロールし、途中にある旅館やビジネスホテル、農家や空き家に踏み込んで虱潰《しらみつぶ》しに捜索する。

建てつけの悪い引き戸の隙間から、肉を焼く煙が流れてくる。生方は、すすきのにあるホルモン焼き店「うめきち」の縄のれんを荒々しく払った。黒雲のようにふくれ上がった不信と怒りが脳内で渦を巻き、血管がブチ切れそうだ。

「うめきち」は、道警北見《きたみ》方面本部の前に本店があり、仕事が終わって庁舎を出ると、夕暮れの寒風に香ばしい煙が漂って、ついつい寄ってしまう店だった。ここはその支店だ。すでに九割がた席が埋まっている。カウンターの隅で右手が挙がるのが見えた。小柄で胡麻塩《ごましお》頭の中年男。西南署の署長、長井努だ。

「よお！」

立ちこめる煙の向こうでえらの張った顔が笑う。長井は、去年、道警本部の警務課長から署長になった。同期ながら生方とえらい違いだ。生方は大股で歩き、隣に座った。

「チョーさん、悪い。急に呼び出して」

「なーんも。俺もちょうど飲みたかったところさ」

長井が何も訊かず「うめきち」名物、梅割りを注文する。ここの梅割りは焼酎に梅干しを落としたような軟《やわ》なものではない。焼酎で梅酒を割る。配合は七対三。三杯も飲めば即効で酔える。それが一杯三〇〇円、ホルモン焼が一串一五〇円。梅割りと焼酎とホルモン以外はメニューにない。

チッチと舌をならして梅割りを啜《すす》ったあと、長井が含みのある目を生方にむけた。

「んで、ゴロさん、何よ？　茨城の件って？　外された愚痴かい？」

「違うわい」

生方は顔を左右に振った。長井を呼び出したのは疑問をぶつけるためだ。勘のいい長井は、たぶん、さっき電話で伝えた「茨城の件」のひと言で呼ばれた理由を察している。

「茨城のあの態勢よ。捜索に九百人。何なのよ？　おかしいべ！　名倉のヤマは、被害者は一人、おそらくは痴情のもつれ、ありふれた事件だべや！」

つい声が大きくなった。通常なら、茨城県警が水戸市内におざなりの緊急配備を敷いて、それでお終《しま》い、その程度のヤマだ。なのに警視庁の機動隊まで動員されてる。そんな態勢を組めるのは警察庁のトップクラスしかいない。何かがある。思えば、突然、公安一課が乗り出してきたのも変だった。これまでは佐伯が若手キャリアに華をもたせるための依怙贔屓《えこひいき》と考えていたが、とんだ勘違いかもしれない。

こんがりと焼き上がった、レバー、ハツ、砂肝、軟骨が載った皿が目の前に置かれた。空腹なはずだが食欲はまるでない。

「その件だろうと思ったわ」

長井がおもむろに串焼きに手を伸ばした。「確かに妙ださな」

長井も同じ不審を感じていたということだ。長井は串を一本つかんで視線をすばやく店内に走らせた。この店は道警関係者も多い。

「一体、どうなってんのよ？」

思わず小声になって生方は訊いた。この事件には裏がある。現場の俺たちが知らない、どデカい裏が。

「ちょっと調べてみた、ゴロさんのヤマだからな。警備部長、刑事部長にそれとなく当たった。

冗談めかしてな」

「で?」

長井は前歯で肉を噛み切りながら、苦々しい顔つきになった。

「ダメだった。奴らも知らねえんだわ。詳しいことは」

「そりゃ、とぼけてんだべ?」

「いや――」長井が肉を噛む動きを止めた。「連中はほんとに知らねえな。何も知らされてねえ。言われた通りにやってるだけだわ」

「んなことあるかい!」

警備、刑事部長はいずれもキャリアで、特に公安を所管する警備部長は、東京の指示を直接受ける立場だ。知らないはずがない。

「本当だべ。たぶん、東京から何か聞かされてるのは本部長だけ。警視監以上の極秘事項ってことでないか」

道警の各部長、方面本部長の階級は警視長。その上の警視監は本部長の佐伯だけだ。長井の推測は、本庁の局長以上と佐伯だけに限定されたトップシークレットというものだ。ますます奇妙だ。

「あんな大捜索かけるんだら、公開手配に踏み切るのが普通だべ。なんで、それしねえのよ?」

「そりゃ……、したくねえ事情があるんだべ。マスコミに騒がれねえうちに、久野麻美を早々にパクってしまいたいって背景がさ」

生方は梅割りをがぶりと飲んだ。灼《や》けるような刺激が胸に広がる。

「麻美はただの興信所の調査員だ。親も親戚にも特別な者はいねえ。どこにでもいる平々凡々な女。アレにどんな背景があるってのよ？」

「さあ……。背景は……想像がつかんな」

長井が再び肉を嚙み始めた。

生方はコップの縁《ふち》を舐《な》めた。警察を丸ごと動かすほどの、麻美が持つ背景……。麻美の履歴を反芻《はんすう》する。中学の事務員だった母。道内の公立高校。住み込んだ青果店。零細な興信所……。大昔に失踪した父親は道庁の職員だったが、高卒、しかも観光局勤務という傍流だ。どこにも重大な背景の匂いはない。親類縁者もみな平凡、目につく者はいない。第一、麻美は自分から親戚と縁を切っている。社会の片隅でひっそり生きる、警察のお偉方にとってはそれこそ塵《ちり》あくたのような存在、それが麻美だ。

ひょっとして……。はっと胸を衝《つ》かれる感覚が走った。ひょっとしたら……。緊迫が鳩尾《みぞおち》の辺りから張りつめてくる。

「ゴロさん――」

生方の思考を、押し殺した長井の声が断ち切った。眉根が剣呑に寄っている。

「ゴロさん、上の方は何か隠してる。一連の動きはそうとしか見えねえ。それはヤバいことだ。麻美を逮捕し監獄に閉じ込めて、それで全部に蓋をする。上が考えてんのはそういうことだ。だから躍起になってる」

「そうだな……」

生方はうなずいた。それ以外あの大動員の説明がつかない。ヤバく、しかもとてつもなくデカい何かだ。

「ゴロさん。麻美は近々逮捕される。逃げ切れるわけはねえ。飛んだ以上、有罪は決まりだ」

逃亡は自白とみなされる。これは司法の定石だ。検事も裁判官も自動的にそう断じる。

「麻美は人殺しだ。これは事実だ。ゴロさんはそれ以上踏み込んだらダメだ。麻美がパクられたら、取り調べを他の奴に譲ってじっとしてることだわ。関わるんでない」

生方は微笑《ほほえ》んでみせた。

「チョーさん、ありがと。したけど、刑事企画課の話、もういいんだ。俺はそういうの、向いてねえ」

「んなことでねえべ！」

叱りつけるような語気になって、長井が窪《くぼ》んだ眼《まなこ》を生方に向けた。「ゴロさん、俺たち現場はよ、闇に触れたらなんねえ。触れたとたんに、コレだ」長井は手刀で首を切った。

「……わかってる」

生方は苦いものでも飲み下すように梅割りのグラスを干した。

2

外灯を浴びたアスファルトの道が、白い蛇のようにくねりながら延びている。左側は線路で、右側は背の高いブタ草が覆う野原が続いている。車が滅多に通らない田舎道だ。時折、列車が通過すると、その窓灯りで一瞬、辺りが目が眩《くら》むほど明るくなる。まだ十一月の初めだというのに、凍るような風が吹きつける。麻美はハーフコートの前を掻き合わせた。

警察はどこまでも追ってくる。北海道警はすでに釧路のほか道東全域に網を広げているだろう。ＲＯＲＯ船に乗った可能性も視野に入れ、船員や港湾作業員に聞き込みを始めているかもしれない。いずれ捜査の手は日立港を起点に茨城全域に伸びる。それにはまだ多少の時間はあるだろうが、可能な限り早く茨城を出なくてはならない。

けれど――。喉元に痛恨が突き上がり、我知らず目許《めもと》が歪む。丘珠での失敗以来、まるで神に見放されたように、逃避行は迷走に次ぐ迷走を重ねている。

釧路で乗り込んだＲＯＲＯ船が日立港に着いたのが一昨日、トラックは港から水戸市内のパルプ工場に直行した。車から這い出し、タクシーで水戸駅に向かった。ひどく寒く、そぼ降る雨が骨に沁み入るようだった。コートは逃走の偽装のために脱いでしまい、ジーンズとセーター、持ち物は最小限のものを入れた小ぶりのデイパックだけという、着のみ着のままで釧路を出たのだ。駅の周辺でコートや大き目のデイパック、サングラスを買い、さらに日用品や下着、スナック菓子や飲料、折り畳み傘、関東の地図なども求めて真新しいデイパックに詰め込んだ。直後に、ふと通りを見ると横浜ナンバーの軽トラがいた。背の高い幌付きの荷台は花屋特有のもので、車体の横腹には「関東園芸」と社名が書かれている。よし！　小さく指を鳴らして、幌で覆われた荷台に忍び込んだ。これが大間違いだった。「角勢」で警察に急襲されて以来、四十時間近く一睡もしていなかった。それに加え、釧路から引きかけていた風邪がこじれて、ゾクゾクと躰が震えた末に寝込んでしまい、気がついたときには午後を大きく回っていた。霧雨の中に浮かぶのは、低い山と土が剝き出しになった田んぼばかり。どこを走っているのかわからない。少なくとも横浜でないことは確かだった。

軽トラが止まった街は、水戸から五〇キロほど西に位置する下館《しもだて》市だった。思いもしない所に来てしまった。ふらつく足でＪＲ下館駅の裏路地をさまよい、やっと老朽化したビジネスホテルを見つけて潜り込んだ。

その晩、高熱が出た。翌日も躰が動かず二泊を余儀なくされ、ようやく宿を発《た》ったのがきょうの夕方だ。早く茨城を出なくてはならないのに、小さなミスからとんでもなく時間を浪費してしまった。

取り敢《あ》えず水戸へ戻ろう。そう決めている。茨城県下に手配が回る前に、水戸でもう一度、南下するトラックを探す。こんどは慎重に行き先を見極めればいい。「ＪＲ下館駅」は大きな駅で多数の駅員がいて監視カメラが張り巡らされていた。タクシーもダメだ。駅を目前にして遠距離を頼む珍客を運転手は記憶にとどめるだろう。足跡を残す行為はすべて危険、無人駅から普通電車に乗るしかない。

「下館駅」の次の「新治《にいはり》駅」も有人駅で、無人駅はもう一つ先の「大和《やまと》駅」まで行かねばならない。地方の鉄道は駅間の距離が長い。一体、いつになったらたどり着くのか。水戸で買った品々を詰め込んだ大きなデイパックが肩の骨に食い込んでくる。まだ残る風邪の熱が足先をふらつかせる。ひどい空腹も感じた。デイパックの中のスナック菓子はホテルで食べ尽くしてしまっていた。「角勢」で食べた分厚い卵焼きが目に浮かぶ。あの甘い匂い、とろけるような舌触り。女主の沼田芳子は、「他のものと一緒にすると匂いが移る」と言って、卵焼きは専用のフライパンで焼いていた。五十年使い続けて、ボコボコに変形してしまったフライパン。芳子の顔がよぎる。あれから芳子は警察の厳しい追及を受けただろう。大変な迷惑をかけてしまった。

ごめんなさい……。悔恨のため息が出る。

でも、こうするしかなかったのだ。こうするしか……。

ようやく前方に、蛍光灯が点《とも》るホームが見えてきた。「大和駅」だ。

水戸方面行きの電車はすぐに来た。「友部《ともべ》」行きと表示されている。乗り込むと暖かい空気がふわりと肌を包んだ。ドアの上にある路線図を見上げる。この電車は終点の「友部」で常《じょう》磐《ばん》線に乗り入れ、そのまま水戸に行ける。

客は、詰襟の男子高生と、茶髪の若い女性、隅っこに老夫婦と中年の男性客がいるだけで、男性は腕を組んで眠っている。端っこの三人掛けのシートに倒れ込むように座った。窓の外は漆黒に沈み、ガラスに自分の顔が映る。青い隈《くま》。こけた頰、尖った顎。この数日で体重は五キロくらい減った気がする。まるで行き倒れ寸前の老婆みたいだ。

疲れた……。目がしょぼつく。

あと二週間――。自分を鼓舞するように頭の中で日数を数えた。その間を逃げ抜き、なんとしても男に会う。いまはそれだけを考えよう。密会に成功すれば、男は安全な隠れ家に導いてくれるはずだ。このみじめな逃避行もそこで終わる。

椅子の下から吹き出すエアコンの熱が睡魔を誘う。電車の規則的なジョイント音が眠気を加速させる。

いけない……。

抗《あらが》う意志はあっけなく睡魔に敗れ、朦朧《もうろう》と微睡《まどろみ》に落ちると、暗闇に白い光がまだら模様に広がった。白黒の文様は様々な形に変幻し、やがて幽明の境にいるかのような、おぼろげに白光する奇妙な光景をつくり出した。何か大きなものに胸を押さえつけられたように呼吸が苦しい。麻美は小さく唸《うな》った。すると突然、視界の中央に煉瓦壁が浮き上がった。その脇の、薄灯りの向こうに男が背を向けて立っている。

父だ……。

記憶の奥に沁みついた情景。あの夜だ。父がいなくなった夜。

あれは八歳の秋だった。大気はすでに冷たく、寒風が幼い麻美の髪を揺らした。背後から大通りの喧騒が響いてくる。父は明るい通りから、低層のビル群が建て込んだ暗い路地へと消えようとしていた。

「パパ」

小さく声をかけた。後ろ姿の父は、一瞬、ためらうように立ち止まり、けれど振り向くことなく歩き出した。パパ、行っちゃヤダ！　そう叫んで走り出したかった。けれど、拳を握って耐えた……。

ぜいぜいと荒い息をしながら、麻美は瞼《まぶた》を開いた。電車の音が急に大きく耳を打つ。車窓には塗り潰したような闇が広がっている。

まただ……。首を左右に振っていま見た夢を振り払った。

長く心の奥底に閉じ込めていた父の記憶が、脳裏を頻繁に往来し始めたのは、名倉高史と出会ってからだ。名倉がしたことは、やっとの思いで忘却の彼方《かなた》に押し込めた傷痕を、再び取り出して切開し、血を滴らせる行為だった。

名倉の出現は、父とともに、あの男の記憶も蘇《よみがえ》らせた。いま、すべてを握る男。記憶の中で、いまだ目鼻を取り戻さない、のっぺらぼうのあの男。列車の刻むジョイント音が、苦い思い出を連れてくる。

「ええ？　なんで？」

突然、甲高い女の声が車内に響いた。向かいのシートに座った若い女性客が携帯を使っている。ロングの茶髪に濃い化粧。真っ赤なマニキュア。窓を見ると、家の灯りが点在して電車は水戸に近づいているようだ。

「警官だらけ？」

警官、という単語にはっとして女の顔を見た。

「検問？　わかんないの？　へえ……。水戸駅の周りは大渋滞……。で、遅れるってわけさね」

無数の警官。理由不明の検問。たぶん、女は、ボーイフレンドが車で水戸駅に迎えに来るはずだったのだ。警官であふれ返る駅前の光景が瞼をよぎる。パトカーの赤色灯が辺りを照らす。

まずい、水戸で降りられない……。でも、なぜ？　胸に疑念が点灯し、みるみる膨らんで恐怖となって肌を走った。

ひょっとして、標的は、わたし？

心臓が飛び出るように高く拍動した。

どうして？

考えるまでもない。一昨日、水戸に入った時に監視カメラに捉えられたのだ。

油断した。悔恨が躰を締め上げる。日立港から水戸に着いて、真っ先に買ったのは防水素材のコートだ。それからフードを被りサングラスをかけて歩いた。監視カメラに捉えられたのは、コートを買う前のごくわずかな時間。警察はその小さな隙を突き、すかさず顔認証で割り出した。たぶん、手配はすでに茨城全域に及んでいる。

〈羽黒《はぐろ》～、羽黒～〉

車内放送が流れた。さっと外を見た。電車がゆっくり停止する。麻美はデイパックを担いで立ち上がった。

「遊撃車」と呼ばれる、第四機動隊の小型ワゴンが小山《おやま》市の手前に到着したのは、午前四時半過ぎだった。黒塗りのワンボックスカーは、窓をボルト留めした金網で覆い、屋根には赤色灯、ボディには緑色の隊のマークがついている。マークは円弧を三角柱が貫くデザインで、三角柱は鬼の角を表し、鎮圧力が全国ナンバーワンと言われる、通称「鬼の四機」の力を誇示している。車内にいるのは、機動隊の一個分隊八名、茨城県警の捜査員一名、指揮官は四機の矢内《やない》隆一《りゅういち》警部補だ。機動隊勤務二十年のベテランで、二〇〇二年の日韓ワールドカップ警備を手始めに、沖縄高江《たかえ》のヘリパッド反対派の制圧など、常に鎮圧出動の前線にいた。右の頬に薄く走る一〇センチほどの傷痕は、二〇〇八年の西成《にしなり》暴動の応援出動の際に、労働者に切りつけられたものだ。

矢内らの任務は、茨城と栃木の県境、結城《ゆうき》市と小山市の捜索。捜索本部は小山を重点地区に指定している。新幹線も停《と》まる交通の要衝だからだ。

「県境を越えました」

茨城県警の刑事がのったりした口調で言った。管轄が栃木県警に変わると言いたげだ。茨城の刑事だけではない、本部の緊張とは裏腹に、遊撃車の内には弛緩した空気が溜《た》まっている。警視庁にとっても茨城県警にとっても、所詮、よその事案、ドジな北海道警の尻拭いだ。しかも担当するのは広大な捜索範囲のほんの一点、ここにマル被がいる可能性は限りなく低い。形ばかりに捜索し、早々に引き揚げたいのが隊員たちの本音だ。

「遊撃車」がトロトロと走り、ＪＲ小山駅から二キロほど南にある小山警察署に到着したのはそれから十分ほど後だ。一個分隊八名の機動隊員は、署内で簡単な打ち合わせを終えると、二十台の覆面パトとともに、市内の捜索に繰り出した。

夜明け前の小山の市街は、深閑と静まっていた。麻美は、電柱に躰をぶつけるようによりかかった。駅に続く商店街のシャッターはことごとく閉じて、通りを行き交う自動車もない。ふくらはぎの筋肉が突っ張って足がもつれる。熱と空腹と疲労。胃に何か入れなければ、もう一〇〇メートルも歩けない。

ＪＲ水戸駅周辺に警官が溢れていると知ってから、電車を飛び降り、反対方向の小山行きの普通電車に乗った。小田林《おだばやし》という無人駅で降り、そこから休み休み夜道を歩き、ようやく小山市街に辿《たど》り着いた。茨城県はすでに危険きわまりないデッドゾーンになった。主要道路は検問が張り巡らされ、街中をパトカーが巡回している。首都圏は北海道と違って、警察本部に常時データを送る最新型の監視カメラが多い。麻美の三次元顔形状データは県警本部の情報支援室にインプットされ、一瞬でもカメラに映れば、直ちに自動照合でヒットする。宿という宿は麻美の顔写真を持った刑事が訪ね回り、下館で泊ったビジネスホテルにも、すでに刑事が踏み込んでいるかもしれない。しかし、ここ小山からは栃木県になる。警察は縦割りの組織だ。茨城と栃木で県警が違えば、手配もまだ及んでいないかもしれない。

眼を上げると信号がやけに鮮やかに光る道路の対岸に、自動販売機があった。

温かい飲み物を買おう。

自販機の前に立ったが指先がかじかんでうまく動かず、コートのポケットから小銭を取り出すのももどかしい。ようやくありついたホットココアを両手で包み込むようにして飲んだ。トロリと甘く温かな液体が喉を下って、五体の隅々にしみわたる。体温がわずかに戻ってくるのがわかる。

　ホットココアを飲み終えたちょうどその時、かすかな光線が目の端に入った。道路の前方二〇〇メートルくらいのところを、車が一台、歩くような低速でこっちに向かってくる。前照灯を消し、サイドライトだけだ。

　キンと高い音が脳天で鳴った。

　警察。

　周囲を見回しながらの警戒走行。さっと自販機の陰に背中を張りつけた。車両がゆっくりと眼前を通過する。バックライトを目で追うと、車は小山の駅舎へと入っていく。

　やはり……。

　全身が硬直した。すでに栃木にも手配が回っている。すばやく左右を見回した。一刻も早くここを離れなくてはならない。夜が明けると、警察はさらに多数の動員をかけ、街中が警官だらけになるだろう。さっきまで鉛のように重かった膝がすっと上がった。泳ぐように通りに出る。いまはとにかく駅から遠ざかるのだ。

　無人の街を突っ切るように走り抜け、大きな川に出くわした。橋は長い。対岸までは優に四〇〇メートルはあるだろう。途中で警察車両と遭遇したら隠れる場所がない。一秒でも速く通り抜けるしかない。麻美は腿を高く上げた。川面《かわも》を渡る冷たい風が顔を打ち、短い髪をなびかせる。橋が無限の距離に思えた。途中で息が上がった。こんな全力疾走、高校の陸上部以来だ。橋を渡り切ると、足がもつれて、崩れるように道端にへたり込んだ。口をいっぱいに開けて吸い込もうとしても、気道が詰まったようで空気が躰に入らない。荒い息を繰り返し、膝を抱えてうずくまった。

ようやく呼吸が収まって顔を上げると、広い道を無数のトラックが地響きを立てて行き交っている。車の行き先を目で追った。暗闇にそこだけ煌々《こうこう》とライトが光る一角が見え、トラックは次々そこに吸い込まれていく。麻美は腕時計に目を落とした。まだ午前五時半だ。こんな時間に……。小走りに近づいた。幅広の門の入り口に「南栃木中央卸売り市場」と看板がかかっている。

そうか……。胸に一点の灯が点り、麻美の唇をほころばせた。歩みを速めて市場の敷地内に入った。コンクリートの外壁の大きな建物があって、出入り口にいくつもの段ボール箱やトロ箱が転がり、ターレーが忙しく動き回っている。午前五時半は、市場がもっとも活況を呈する時間だ。麻美はフードを被りマスクで顔を覆い直すと、市場の建物に踏み入った。

小山市街を流れる「思川《おもいがわ》」周辺を巡回していた四機の遊撃車が、中央卸売り市場の正門をくぐったのは、その五分後だった。狭い通路は仲卸や買い出しに来た業者たちでごったがえしている。市場は水産、青果、乾物等の三筋に分かれ、その間を小さな路地が交差している。

小隊長の矢内は、うんざり顔の隊員たちの尻を叩いて三組に分け、麻美の顔写真を手に聞き込みを始めるよう命じた。突然現れた濃紺の出動服の警官隊に、人々が好奇の目を注ぐ。矢内は水産卸しの店が密集した通りに出た。筋の長さは三〇〇メートルほど。濡《ぬ》れた路面を人波をかわしながら進んでいった。

麻美は市場の一角にある日用雑貨を売る店で、黒色の毛布とスナック類、水などを買い込むと、市場の裏手にある駐車場に急いだ。

駐車場は広大で、無人の空間に多数のトラックが並んでいる。運転手たちは荷下ろしが終わると、しばらく市場内の食堂にたむろするが、いつ戻ってくるとも限らない。麻美は手をかざして外灯の光を遮り、居並ぶトラックの上部を注視した。釧路西港でＲＯＲＯ船に乗り込んだ光景が浮かぶ。まだほんの四日しか経《た》っていないのに、遠い昔のような気がする。

トラックの多くは、運転席のルーフに、カマボコを縦半分に切ったような形の物体を乗っけている。エアディフレクターと呼ばれる導風板で、走行中の向かい風がその曲線を流れて空気抵抗が減る。エアディフレクターの中は空洞で、長さは車体の幅と同じだから、大型車であれば大人がたっぷり横になれる。ベッドを備えて休息部屋にしているものもあるくらいだ。釧路西港のＲＯＲＯ船には十二台の有人トラックが積み込まれた。麻美は、その中の一台を選び、運転手が乗船の手続きをしている隙に、側面のラダー（梯子《はしご》）を昇って、エアディフレクターの中に潜り込んだ。

いま麻美が入念にチェックしているのは、エアディフレクターと荷台の隙間の広さだ。トラックによって隙間の大きさはまちまち。できるだけ間隔の狭いものがいい。自分の躰が滑り込めるギリギリの隙間のもの。警察は茨城県内と周辺の幹線道路に厳重な検問を張っている。トラックは途中で検問に引っかかる。その時、隙間の大きなものだと気づかれる恐れがある。隙間は狭すぎたり広すぎたり、適当なものがなかなか見つからない。麻美は苛立ちを抑えて、車の群れを眺め続け、ようやく一台に目を止めた。駐車場の西側の隅に、ポツンと離れて停まっている大型の活魚運搬車。荷台には四角いプラスチックの水槽が並んでいる。エアディフレクターと荷台部分の隙間の幅がちょうどいい。ナンバーは袖《そで》ヶ浦《うら》。千葉から生きた魚を運んできたのだろう。

小腰をかがめて念入りに車の周囲を観察した。運転手は乗っていない。這うように近づき、一気にトラックのラダーを昇ってエアディフレクターの中に躰を滑らせた。そしてデイパックを引き上げ、さっき買った黒色の毛布を引き出して頭から被った。

両側に鮮魚店が密集した路地を、聞き込みをしながら進んでいた矢内たちが、駐車場にたどり着いたのは、その少し後だった。

無数のトラックが銀色の外灯を浴びて沈黙している。矢内は、西の端に一台離れて停まっている活魚運搬車に目を止めた。無人の運搬車は、かすかに魚のにおいを漂わせ、薄闇の中に鎮座している。矢内は視線を転じると、隊員たちと駐車場を一巡した後、市場の捜索を終了した。

3

プラットホームから眺める岐阜の街並みは目の前ににょっきりと建つ二棟の高層ビル以外、建物はおしなべて低層で、陽光を浴びて光る瓦屋根が遠く山の際まで続いている。

直子は大きく深呼吸して、乾いた冷気を吸い込んだ。名古屋《なごや》駅から東海道線に乗り換えると、岐阜は驚くほど近かった。二十分強で着いてしまう。朝七時半前の便で札幌を発って、正午前には岐阜に到着した。刑事はペアで動くのが原則だが、生方が同行しなかったのは、捜査一課長が「今はまずい」と出張に首を縦に振らなかったからだ。釧路の失敗で、生方は上から決定的に目をつけられてしまった。

茨城での大掛かりな捜索はきょうも続いているが、麻美は依然として見つかっていない。

直子は高い靴音を響かせて、改札に向かって歩き出した。十一日が六日後に迫っている。もし麻美がすでに茨城県を脱出したとすれば、次に行動を起こすのはその日だ。名倉高史は何のために二度も岐阜を訪れたのか。この出張でなんとしてもその理由を突き止め、麻美の目的を割り出さなくてはならない。

まず、市の中心部にある神田町の「美濃屋」という和菓子店を訪ねた。名倉が土産にした柿羊羹を売っている店だ。白壁に緑色の瓦屋根を乗せた特徴のある店構えで、中に工場もあるのか、店の周囲には砂糖を煮る甘い匂いが漂っている。店内は奥行きがあって広々とし、十人くらいの客が、ショーケースに並んだ菓子を見たり、レジに並んだりしている。直子は戸惑った。こぢんまりした老舗を想像していたのに、この規模では一日に訪れる客は数十人を超えるだろう。案の定、店員五人に訊いたが、名倉を覚えている者はいなかった。

和菓子店を出て、タクシーの営業所を回った。名倉は二回とも日帰りしている。午後八時半の羽田発の飛行機に乗るには、乗り継ぎなどの時間を考えれば、遅くとも午後五時には岐阜を出発しなくてはならない。滞在時間は四時間から五時間。名倉の行動半径は、その時間内に用を済ませて往復できる範囲に限られる。岐阜市内の足はタクシーかレンタカーかの可能性が高い。

岐阜駅の周辺には四つのタクシー会社の営業所がある。片っ端から訪ね、さらに駅前で客待ちする運転手らにも声をかけたが、名倉を乗せた記憶のある者はいなかった。

空腹を感じて、通りの軽食スタンドでホットドッグを買ってコーヒーとともに流し込んだ。時間は刻々と過ぎる。もう午後三時半を回ってしまった。駅前広場に立つキンピカの織田信長《おだのぶなが》像が、夕陽を浴びてますます黄金色に輝きだす。きょう中には札幌に帰らなくてはならない。勇んで岐阜に来たが、収穫は何もない。

気を取り直して、レンタカーショップを回ることにした。三軒、四軒と歩き、岐阜を離れるタイムリミットの五時近くになって、駅北のトヨタ系のレンタカーショップに、ようやく名倉の足跡を見つけた。

「その方、八月の二十四日と九月の四日に、ヤリスをご利用になってます」

茶髪に染めた若い女性店員がレンタル記録を繰りながら言った。時間は三時間で、いずれも四〇〇〇円相当を支払っている。レンタカーの走行記録からは、名倉がどこに行ったのかは摑めない。カーナビの履歴もクリアされていた。何か特徴的なことはなかったかと、繰り返し茶髪店員に尋ねたが、「うーん、うーん」と首を傾げるばかりだ。情けなさでため息が出た。わざわざ札幌から来てわかったことは、名倉が岐阜でレンタカーを借り、その行き先は、車で三時間以内に往復できる範囲ということだけだ。

同じ頃、生方は捜査本部のある北署の地下室で、くわえた煙草《タバコ》の煙に目を濡らしながら捜査資料に埋もれていた。署内は禁煙だが、地下のここだけは黙認されている。

デスクの脇に五〇センチほどに積み上げたのは、名倉高史の資料だ。警察が大動員をかけて追うような要素は、麻美関係には見つからない。「うめきち」で思ったのは、理由は、被害者の名倉の方かもしれないということだ。名倉は十八年間も全国紙・中央新聞の記者だった。その間の取材で得た情報が、警察、いや政府にとって不都合なものである可能性は捨てきれない。

だが、調べ始めてすぐ行き詰まった。パソコンだ。名倉のパソコンはデータの解析のため科捜研に持ち込まれていたが、一か月以上経ったいまも捜査本部に戻されていない。科捜研に問い合わせると、電話を何カ所か回された挙句、「作業が終了していないので返却できない、終了の目途は立たない」という木で鼻をくくったような回答が返ってきた。

生方は舌打ちした。明らかに上層部が止めている。逆に言えば……。そう、パソコンが鍵、ということだ。

おそらく……。次の煙草に火をつけ、頭の中でこれまでの流れを整理した。

九月二十八日に名倉が殺害された当初、捜査本部はのんびりしたものだった。通常のありふれた事件として扱い、ホシを第一発見者の麻美とにらんだ。名倉との関係など証拠固めに入るため、十月一日に捜査員を増員、生方が参加したのもこの時だ。ここまではサッチョウ（警察庁）も道警本部長も動いていなかった。ところが、名倉の遺品であるパソコンの解析から、何かとんでもなく不都合なものが飛び出した。報告を受けたサッチョウは、麻美の逮捕を急ぐよう本部長の佐伯に指示した。生方が佐伯から早期逮捕を命じられたのはこの直後だったに違いない。

脳裏でチカチカするのは、名倉殺しの現場写真だ。指紋は名倉以外に七紋。うち特定できたのは名倉の母親のものなど四つだが、圧倒的に麻美の指紋が多かった。特に、パソコンのキーボードから集中的に検出された。

麻美が警察に通報したのは、名倉の部屋に到着した四十分後。麻美はおそらく到着後すぐに名倉を殺し、それからパソコンを立ち上げ、秘密をＳＤカードか何かにダウンロードした。四十分はそれに要した時間だ。警察がパソコン内の幾多のデータの中から秘密に気づいたのも、ダウンロードの痕跡を辿ったからに違いない。

名倉高史は、警察にとってヤバい何かを握っていた。そして麻美はそのブツのコピーを持っている。ゆえに上層部は麻美を早急に逮捕しようとし、政治マターを扱う公安部を動員して大捜査態勢を敷いた。仮説に過ぎないが、そう考えると辻褄《つじつま》が合う。

両手を頭の後ろで組んだ。椅子の背に深々ともたれかかる。

名倉が持っていた秘密とは、いったい何か？　警官を大動員するほどの秘密とは……。

軽く息をついて、再びデスクに広げられた名倉関連の書類に目を戻した。

名倉の社歴からは、政府や警察庁を震撼《しんかん》させるような影は浮かんでこない。名倉は中央新聞入社後、福島と長野の支局に勤務、五年後に東京本社の科学技術部に異動、そこからは技術記者としての道を歩んでいる。名倉の署名記事は、いずれもＩＴや先端医療に関わるもので政治的な色合いは薄い。名倉はその後、三十五歳からボストンの大学に二年間留学する。子供の頃から得意だったという英語にさらに磨きをかけたのだろう。帰国後も科学技術部に勤務、相変わらずＩＴ関係、医療技術などを担当、四十歳で退職している。新聞記者にしては政治や事件との関わりは例外的と言っていいほど薄い。

生方は煙に片目をしかめた。デスクの灰皿が火事だ。山盛りの吸い殻が燻《くすぶ》っている。湯飲みの茶をかけて消火。ジュッという音とともにタールの焼けた嫌な臭いが鼻先に漂った。

名倉からも何も出て来ない。残る希望は、名倉が訪れていた岐阜だけだ。


直子は羽田空港のコンコースを保安検査場に向かって急いだ。もう午後八時を過ぎている。札幌行き最終の離陸は八時半。手荷物検査は出発の二十分前までに終えなければならない。ＪＡＬの検査場は混んでいた。ようやくトレーに小物を出して並べ、先に送ったデイパックがＸ

線を通過しかけた時、トレーの上のスマホが鳴った。慌てて取り上げ、耳に当てる。

「あのー、名西《めいせい》レンタカー岐阜駅北口前店ですけど〜」

間延びした女の声がした。

「はいはい」

名倉が利用したレンタカーショップだ。茶髪の女性従業員の顔が浮かんだ。何か思い出したら電話をくれと名刺を残しておいた。

「こないだのお客さんのことですけど〜」

デイパックもトレーもX線を抜けてどんどん先に行ってしまう。検査員ににらまれて直子は小走りに荷物を追う。

「はい、何か」

「あの〜、ウチの者に訊いたんですけど、八月のことなんですけど、お客さん、わたしが免許証のコピー取ってる間に、その者に訊いたっていうんですよ」

「訊いたって、何を?」

「そこの方!」

検査員の太い声が割り込んできた。手振りで金属探知機のゲートを示す。「通話、後にして下さい」

「はい、すみません」

直子は頭を下げると、躰を金属探知機の脇に寄せ、女店員に問い返した。

「訊いたって、何を？　名倉さんは、店員さんに何を訊いたんですか？」

「刑務所まではどれぐらいかかるかって。一時間くらいかな？　って」

「刑務所？」

携帯を握る指に思わず力が入った。「刑務所ですか？」と確認する。

「はい。刑務所です。ウチの者は、いや、そんなにかかんないよ、四十分くらいって答えたって。それでお客さん、三時間コースにしたって」

「お客さん！」

検査員が怖い顔で寄ってきた。直子は仕方なく、スマホを耳に当てたまま、警察手帳を出してみせた。検査員が目を丸める。

「間違いなく、間違いなく刑務所って言ったんですね」

直子は念を押した。

「ええ。則松《のりまつ》に刑務所があるんですよ。市のはずれに」

「あ、ありがとうございます！」

胸の拍動が高く打った。通話を切って、視線を中空にさ迷わせた。刑務所。岐阜刑務所。名倉はそこを訪ねたのだ。キメの何かをつかんだという感触が湧き上がってきた。

生方は直子からの電話を切ると、一階に上がって捜査本部の書棚から刑務所総覧を引っぱり出した。確かに岐阜市の北方、則松というところに刑務所がある。

分類はＬＢ。刑務所は、収容する囚人の刑期や犯歴によっていくつかに分類される。長期刑の受刑者はＬと表示。犯罪傾向をＡかＢで示し、初犯者はＡ、累犯者はＢ。例えば、長期刑の重罪犯でも初犯の者が収容されるのはＬＡ。千葉刑務所などがこれに当たる。岐阜刑務所のＬＢは、長期刑の重罪を繰り返した囚人、つまり最も凶悪な犯罪者が収容される刑務所だ。名倉は、岐阜刑務所の囚人に面会に行った、長期刑の凶悪犯に。

コトコトと心臓が脈打ってくる。壁が破れて、名倉の秘密に近づいている気がする。

生方は岐阜刑務所に電話して、八月二十四日と九月四日に、名倉高史が面会に訪れているか照会した。名倉はその両日、ともに午後一時頃、面会に訪れていた。会った囚人の氏名は、桐《きり》山茂《やましげる》、六十一歳――。

十一月十一日、早朝。夜明けの青いとばりの中、一台のカローラが県道１６７号線を岐阜刑務所に向かっていた。岐阜県警が手配してくれた車両だ。生方が助手席に、ハンドルは直子が握っている。岐阜中央署を出た時は漆黒だった上空に青味が差して、稜線《りょうせん》の際がローズ色に染まっている。いつの間にか人家が途絶え、沿道の両脇には柿の樹林が広がっている。

名倉が訪ねた相手が桐山茂と判明すると同時に、「十一月十一日の謎」が解けた。その日に桐山が出所する。麻美と名倉がともに認識していた「特別な日」の正体は、桐山の出所日だった。きょう午前十時、桐山茂は七年に及んだ刑期を終える。おそらく、麻美はここに現れる。そして桐山と接触する。

桐山があの桐山茂だと知った時、生方は毒でも呷《あお》ったかのような苦々しい思いが込み上げた。桐山は生方らの身内、道警の元警部だったからだ。桐山は本部の捜査一課に長くいたが、その後、根室、増毛《ましけ》、士別《しべつ》などを転々とし、函館署にいた時、銃刀法違反（拳銃所持）、覚せい剤取締法違反（所持、使用）など五つの容疑で逮捕された。ヤクに溺れ、銃器売買に手を染めた、汚辱にまみれた悪徳警官。それが桐山茂の正体だった。

生方は桐山を直接は知らないが、函館で逮捕された時の衝撃は生々しく記憶している。道新《どうしん》（北海道新聞）が一面トップで現職警部の逮捕を報じ、警務部長が屈辱の記者会見を開いた。絵に描いたような悪徳警官の桐山を、なぜ名倉は訪ねたのか？　そしてその桐山に、こんどは名倉を殺した麻美が接触しようとしている。

岐阜刑務所周辺の張り込みは、桐山にも麻美にも気取られぬよう、看守にすら伏せ、極秘裏に進められる。

カローラがコンビニのKサークルがある三叉路《さんさろ》で右折した。この先の一本道を三〇〇メートル進むと刑務所の正面門に出る。薄明の中に、高々とした暗灰色の塀が浮上した。見慣れた札幌刑務所の塀は明るいベージュ色だが、岐阜刑務所は古色蒼然《そうぜん》、いかにも監獄然とした陰鬱な佇《たたず》まいだ。塀の内側には深い溝が掘られ、凶悪犯の脱獄を阻止している。

生方たちが岐阜入りしたのは一昨日で、警視庁公安部の捜査員も五十名ほどが岐阜入りしている。情報は道警が教えたものだが、警視庁からは労《ねぎら》いの言葉の一つもない。まるで自分たちが突き止めたかのようで、張り込み態勢も勝手に決めて生方たちには事後通告だ。田舎警察に先を越されるなど、警視庁にすればあってはならないことなのだろう。

カローラが岐阜刑務所の正門に到着した。歩道にポプラや松がどことなく悄然《しょうぜん》と並んでいる。向かいには公立の体育館、更地の畑。体育館の裏に車を停めると、直子が後部座席から、札幌から持って来た帯革を取り出して腰に巻きはじめた。防刃チョッキを着用し、拳銃と手錠を帯革のサックに差し込む。ベージュの私物のハーフコートをはおって装備を隠した。生方もレインコートの下の肩ベルトに拳銃を差し込んだ。名倉を殺した麻美は、桐山をも殺そうとしているかもしれない。凶器を携行している可能性がある。それが重装備の理由だが、気になる通達もある。

〈これ以上の逃亡を許すな。発見した場合は、銃を使用してでも確保せよ〉

「ひょっとして公安は麻美を射殺する気かもしれない。ヤバい秘密に『蓋をする』には最も手っ取り早い方法だ」

生方はぼそりと呟いた。

出所する桐山を出迎えるのは保護司の仁科忠恒《にしなただつね》という人物で、仁科は岐阜市内の金園町《かなぞのちょう》で「修養荘《しゅうようそう》」というグループホームを営んでいる。午前十時に仁科が車で刑務所に入り、桐山は「修養荘」の別館で三泊する。妻子も住居もない桐山は、その後、神奈川県の実弟宅の近くにあるNPO法人に引き取られることになっている。警視庁公安部、道警公安一課、捜査一課、岐阜県警からなる捜査陣は、間もなく厳戒態勢に入る。

直子は重い装備を付け終わると手足を思い切り伸ばした。彼方の稜線が明るい橙《だいだい》色に染まり、刻々と朝が近づく。息を吸うと冷気が肺いっぱいに広がり、いよいよ麻美が現れるという冷たい緊張が全身に広がっていく。生方が、車の向こうで煙草をくわえて火をつけた。右手にいつもの丸いアルミ製の携帯灰皿。ストレスを抑えるように、フィルターを強く吸いつけるその横顔。直子はそっと目を伏せた。いまここで、生方を問い詰めたい。そんな衝動が尖った刃物のように突き上がり、その度に息を呑んで抑えつける。

岐阜に来る前、生方と二人、捜査一課長の伊勢崎に呼ばれた。

「ワッパはお前らがかけろ。もともと道警《ウチ》のヤマだ。ネタを掴んだのはお前らだ。だが、かけたらすぐに身柄を放せ。東京に渡すんだ。ウチは調べはしない」

取り調べをするなというのは、タブーに足を踏み込むな、ということだ。事件の背後に、何かとてつもない秘密があって、警察庁が異様な動きをしていることは生方から聞いている。その秘密が何なのか、これではたとえ麻美を逮捕しても自分たちは永久に知ることができない。直子は横目で伊勢崎の前に立つ生方を見た。生方はしばし黙っていたが、やがて低い声を発した。

「わかりました」

直子は驚いて目を見開いた。

ちょっと待ってください……。喉元まで出かかった声をやっとの思いで呑み込んだ。生方が異を言わない以上、どうしようもない。独りで一課長に反乱しても、その瞬間に捜査本部から外されて、それで終わりだ。課長の部屋を出て、憤然と詰め寄ろうとしたら、生方は、何も言うなというように、手のひらをみせて遮った。

生方はなぜ反発しなかったのだろう？　生方が背を向けて山の方を眺めている。吐き出す煙が青くたなびく。わかってはいるのだ。事件の背後にある闇は、触れた途端に鉛のように溶かされる、禍々《まがまが》しく危険なものに違いない。それでもやはり、生方に問い質《ただ》したい。本当にいいんですか？

午前六時。鳥の声が聞こえ、空が急速に白み始めた。太陽は東の山の稜線にその頭をのぞかせると、信じられない速度で見る見るうちに天空へ昇っていく。むせるような土の匂いが鼻をつく。直子は、公立体育館の植え込みの中に身を伏せている。すぐ隣で、生方の重く抑えた呼吸が聞こえる。二人は身動《みじろ》ぎもせず刑務所の正門を見続ける。体育館の屋上には、顔認証装置をつけたカメラを覗く捜査員が三人いて、他にも計七カ所に捜査員が潜んでいる。

麻美は現れない。

午前九時四十五分。ついに保護司の仁科が運転する白いバンが現れ、正門から構内に入っていった。

「行こう」

生方が植え込みの陰から立ち上がり、直子もカローラに乗り込んだ。出所の手続きを終え、桐山を乗せたバンが出て来た。二台の公安の覆面車両が前方を走り、二台が後方から追尾する。

直子たちは、追尾車両二台のさらに後方につけ、一〇〇メートル以内に接近しないよう命令されている。

道程四十五分。バンは何事もなく、金園町にある「修養荘」の家屋に到着した。途中、並走する不審な車両やバイクは認められなかった。桐山はここに三泊して、収容先のＮＰＯ施設の部屋が空くのを待つ。

捜査陣は四方に散って監視を続けたが、その後も桐山には何の動きもなく、屋内に籠ったままだ。保護司の仁科によれば、食事時以外はテレビも見ずに、ぐっすりと寝入っているという。

翌十二日、午後十一時。

月が高く空に上がって、「修養荘」の屋根を照らし、庭園の樹木の枝に、露がキラキラと輝いている。生方と直子は「修養荘」から一〇〇メートルほど離れた民家の庭先に潜み、茂みの陰から監視を続けている。周囲には四十人の刑事たちが囲むように張っている。麻美はまだ現れない。

翌十三日、午後十時。

前照灯が光って、「魚七」と横腹に書かれた軽トラが目前を通過する。乗り込んでいるのは警視庁の公安刑事で、「修養荘」の周囲を巡回している。生方と直子はきのうと同じ民家の庭先にいる。ちょうど六十時間が過ぎた。

翌十四日、午前九時。

大山鳴動、鼠一匹出ず。警視庁公安部は、捜査員全員の撤収を命じた。桐山茂はその直後、迎えに来た実弟の車に乗り込み、神奈川県にある福祉施設に向けて出発した。

第三章 急迫

1

砕けた光の粒子が海原に反射する。はるか前方に大きな貨物船が浮かんでいる。空の青と海の青が混然とする空間を、貨物船は赤銅色の喫水線をわずかに覗かせて、ゆっくりと直進していく。麻美は眩《まぶ》しい陽光を額に手をかざして遮った。霞《かす》んだ水平線の向こうに、うっすらと千葉の陸地が見える。三浦半島の観音崎《かんのんざき》は、今朝までいた房総半島と海を隔てて向かい合っている。千葉の袖ヶ浦は素晴らしい場所だった。漁師小屋を改築した小さな民宿が幾つもあって、監視カメラを気にせず泊まることができた。ゆっくり躰を休めたからようやく風邪も抜けつつある。そこから再びトラックのエアディフレクターに忍び込んで横須賀《よこすか》に来た。

一昨日、警察はついに公開手配に踏み切った。コンパクトを取り出して顔を眺める。濃いアイライン、長いつけ睫毛《まつげ》、肩まである茶髪の鬘《かつら》。ほとんど化粧をしない日頃の自分とは、別の女がそこにいる。警察は捜索の網を全国へと広げ、飲食店や風俗店を洗っている。逃亡女は水商売、それが彼らのマニュアルだ。しかし、写真付きの手配は、被疑者が女の場合は効果が落ちるとされる。化粧や髪形で印象が変わるからだ。公開手配されながら十五年も逃亡した福《ふく》田和子《だかずこ》の例もある。

再び海に目を遣《や》った。点在する数隻の白い漁船が動くともなく動いている。目的地は目と鼻の先にある。ついにここまで辿り着いた、のっぺらぼうの男、桐山茂が待つ街に。

肩の力を抜くように、大きく息を吐き出した。

もう少しだ、もう少し……。

名倉の話では、桐山は名倉と同等、あるいはそれ以上に、計画の遂行に執念を燃やしている。それは怨念と言ってもいい強烈な感情だ。報復の対象は、彼の人生を破壊し奈落に突き落とした連中なのだから。

待ち合わせの場所は、札幌にいる時、ネットで検索しまくって慎重に選び出した。北海道にいても横須賀の街が手に取るように詳細に覗ける。監視カメラの位置も、その死角も、モニター映像を見て確認してある。人目につくことはまずない、絶対安心のスペースだ。

札幌から桐山に送った手紙への返事は聞いていていない。彼はその時、刑務所にいたのだから。だが、桐山は、出所後、ただちに必要な手配を始めたはずだ。そして指定した場所に現れる。そこで逃避行も終わる。おそらく、再会した瞬間に、のっぺらぼうの桐山の目鼻は、あざやかに造形を取り戻すに違いない。

パチンと音をたててコンパクトを閉じた。さあ、行こう。合流の場所へ。

麻美は、サングラスをかけデイパックを背負い直すと、椰子《やし》の並木に飾られた、海沿いの道路を歩き出した。

岐阜刑務所を出所した桐山茂が身を寄せたのは「ピース・ハウス」というＮＰＯ法人の福祉施設で、横浜《よこはま》と横須賀の市境にある金沢八景《かなざわはっけい》の駅から、七分ほど歩いた丘の上にある。

以前は平潟湾《ひらかたわん》に面する眺望のよさから瀟洒《しょうしゃ》な住宅が並んでいた丘の頂きも、住民の高齢化にともなって急な坂がきつくなり、子や孫は都心のマンションを好むことから、売り家や空き家が急増した。「ピース・ハウス」がそうした一角を買い取り、二棟のアパート状のケアハウスを設立したのは五年前だ。ここから北、横浜方面に進むと、国道沿いに金沢文庫《ぶんこ》の街並みがあって、海側には海の公園や八景島《はっけいじま》シーパラダイス、南に行くと「関東学院大学」のキャンパスと「横浜南部医療センター」という大規模な病院がある。病院を越えると追浜《おっぱま》で、そこからは横須賀市となる。

「ピース・ハウス」の活動は、身寄りのない高齢者にワンルームの部屋と食事を提供するのが主で、老人の負担は住宅費が月に三万六〇〇〇円、管理料八〇〇〇円の計四万四〇〇〇円。食事は一日三食で一二〇〇円。加療が必要な者には、病院にスタッフが付き添う通院サービスもある。これらの費用は、ほとんどの場合、老人たちの生活保護費から支払われる。中でも、刑余者と呼ばれる、刑務所を出所した者は就業が難しく、しばらくここに起居しながら時間をかけて自立の道を探す。北海道出身の桐山茂が、遠く横浜のこの施設に入ったのは、近くに実弟がいるからだ。四つ年下の実弟は、一級の資格を持つ建築技士で、勤めていた会社がシーパラダイスの造成工事に参加、実弟も長くその業務に従事し、結局、この界隈《かいわい》に住居を構えた。「ピース・ハウス」への入居は実弟の尽力による。桐山茂がゆくゆくは故郷の北海道に戻りたいのか、あるいは高齢者にはきつい寒冷地を避けてこのまま横浜に住み着きたいのか、保護司によれば、本人はまだ意向を明らかにしていない。

十一月十七日。麻美が観音崎に現れた二時間後の午後二時。金沢八景一帯を管轄する神奈川県警文庫警察署では、最上階の剣道場に、制服、私服あわせて百人近くの警察官がすし詰め状態で集まっていた。毎日行われる合同捜査本部の定例会議だ。警視庁、神奈川県警、そして北海道警。正面のパイプ椅子に各県警の幹部がズラリと並ぶ。麻美は岐阜刑務所に現れなかった。しかし、彼女の逃亡の目的が桐山茂との接触にあるという見方を警察は捨てていない。麻美は当初から岐阜刑務所ではなく、金沢八景を目指していた可能性が高い。桐山茂が「ピース・ハウス」に入居した直後から、大規模な張り込みが始まった。「最終決戦」。捜査幹部からはそんな台詞がたびたび飛び出す。

呉越同舟と言うべきか、同床異夢と言うべきか……。警官たちの隙間に立って、生方はため息をついた。警察庁肝いりの大捕り物だ。しかも世間に知れ渡る公開手配。県警間の手柄争いは凄《すさ》まじい。おまけに警視庁と神奈川県警は伝統的に犬猿の仲だ。久野麻美にワッパをかけるのはどこか。会議場には敵愾心《てきがいしん》と功名心が渦巻いている。

正面に目を遣ると、道警の二十代の公安一課長は、警視庁と神奈川県警の幹部の脇で見る影もなく縮こまり、いまにも弾き飛ばされそうだ。キャリア風吹かせるのも道警の中だけ、東京と神奈川の古株キャリアが居並ぶ中ではただの小僧で、おまけに「ホシに飛ばれたドジな道警」はおミソ扱いだ。

合同捜査本部の本部長は警察庁から派遣された公安総務課長で、副本部長が現地の顔を立てて神奈川県警の刑事部長という陣容だが、警視庁がこれに大人しく従うはずもない。「シウマイ県警が何か言ってるぞ」と、密かに機動隊を増員し、〝別動部隊〟をつくっている。

午後五時半。陽はすでに落ち、辺りを宵闇が包みはじめた。

生方はいつも通り、「ピース・ハウス」から五〇メートルほど離れた、坂の中腹に停《と》めた捜査車両にいる。といっても、直子と二人、後部座席に押し込められて、まるで〝見学者〟の扱いだ。車両の指揮を執るのは神奈川県警の秋葉久《あきばひさし》警部補、ハンドルを握るのも神奈川県警の鈴木浩彦《すずきひろひこ》巡査部長、もう四日連続で同じメンバーだ。捜査車両はこのほか、「ハウス」を囲むように十台が点在、近くの茂みには二十人ほどの私服が潜伏している。

桐山の部屋は、軽鉄骨二階建てアパートの二階の南端にある。生方は、後部座席から桐山の部屋を注視している。麻美はきっと夜動く。

時計の針が十一月十八日の午前零時を指そうとする直前、動きがあった。一台のステーションワゴンが現れて「ピース・ハウス」の門前に停まった。と同時に、桐山の部屋の玄関ドアが音もなく開いた。

生方の頰がひくりと動いた。部屋から黒い影が現れて、門前のワゴンに寄っていく。

「桐山が外出」

助手席の秋葉警部補が声を潜めて無線に呼びかける。影は、ステーションワゴンのドアを開けると助手席に躰を滑り込ませた。

ついに桐山が動いた。桐山の行く先には麻美がいる。生方の手のひらに汗が滲《にじ》みはじめた。

〈桐山、ワゴン乗車〉〈ナンバーは――〉という、声を殺した無線連絡が飛び交う。

ワゴンは「ピース・ハウス」を離れると、滑るように国道16号に入り、横浜方面にむかって北上しはじめた。生方たちの車両も静かに続く。

〈ワゴンの所有者は桐山敦《あつし》、桐山茂の実弟、運転者も同人とみられる〉

無線が情報を伝えてくる。桐山を追尾する車両は、気づかれないよう、直後につける車から一〇〇メートルの間隔をとって三台が縦に並び、十分刻みで前後車両が入れ替わる。さらに進行方向に先回りしている車両と五キロを目途に交替する。これが公安自慢の隠密尾行の手法だ。生方と直子の追尾車両は、現在、三台目だ。尾行班は、桐山が麻美と接触すると同時に拘束を試みるが、万一取り逃がした場合は、金沢八景から半径五キロ四方に展開する別部隊が国道と鉄道を封鎖、周辺を虱潰《しらみつぶ》しに捜索する。

ワゴンは引き続き深夜の16号線を北上していく。

「青砥《あおと》の交差点を直進」

〈了解〉

やがて桐山車は16号を左折し、磯子《いそご》の住宅街に入った。静まり返った道路を右へ左へと、めまぐるしく方向を変える。

「尾行がないか確かめてるな」

「はい」

秋葉警部補の言葉にハンドルを握る鈴木巡査部長がうなずく。生方たちの車両はいま、二番目につけている。

〈桐山、笹下《ささげ》釜利谷《かまりや》道路を関内《かんない》方面に進行〉

生方と直子は後部座席で無線に耳を傾ける。

〈桐山、交差点を右折、県道17を東進〉

〈桐山、屛風ヶ浦《びょうぶうら》交差点を右折、再び16号に入り南下中〉

生方と直子は顔を見合わせた。桐山の車は、横浜方面への北上をやめて、再び横須賀の方向に戻り始めた。

〈桐山、16号を猛スピードで南進〉

ワゴンが速度を上げている。何かが近づいている。生方らの車両も南下する。

生方は目を凝らした。秋葉警部補の頭越しに白色のプリウスが見える。いま直後を追尾している覆面五号車だ。その先には桐山のワゴン車がいる。ワゴンはさらに速度を上げ、すでに八景を過ぎて横須賀市の追浜付近にさしかかっている。

突然、桐山車が信号のない上り坂の交差点を左折した。五号車が追う。続いて生方らも左折する。道は、車両一台がやっと通れるほどの幅で、急坂がジェットコースターのように上下し、くねくねと曲がっている。桐山車はほとんど速度を落とさず、狭い道をすり抜けるように走行する。

「いかん……」

生方は前方をにらんで声を漏らした。五号車が接近し過ぎだ。桐山車との車間が一〇メートルほどに詰まってしまっている。桐山車がわざと速度を落としたのか。同じことを思ったのか、秋葉が「五号車——」と呼びかけた直後に、悪い予感は的中した。桐山車のエンジンが唸《うな》りをたて、車体が浮くほどに猛然と速度を上げた。桐山車は湾曲した小道を猛スピードで走行したのち、やや広くなった海際の通りに出ると、暴走族のようにジグザグに蛇行し始めた。

クソ！　気づかれた……。

生方は後部座席で歯ぎしりした。同時に秋葉警部補が無線に叫んだ。

「気づかれた模様！」

桐山の車は大きく左に曲がると、信号を無視して16号線を突っ切り、追浜の丘陵地帯を駆け上がった。

麻美は金網に背中をもたせかけた。丘上から遠く夜の海が見通せる。昏《くら》い波間に小さな灯火が点在している。気温は深夜になってぐっと下がり、かじかんだ指に息を吹きかけると白く漂う。腕時計で時間を確かめる。零時二十八分。あと二分。

いま立っているのは、八景から横須賀方面に一キロほど南下した、追浜にあるスーパー「ヒノキ屋」の駐車場だ。丘陵を切り開いた住宅地にあるこのスーパーは、丘の斜面に建ち、売り場が地下、駐車場が地上にある。スーパーの駐車場は深夜には閉鎖されるが、隣接する幼稚園から侵入できる。ここがネットで選び出した最適のポイントだ。鉄格子のシャッターが降りたスーパーは深閑と静まり、もちろん人影はない。監視カメラは二カ所についているが死角は広い。薄闇と無音に支配された空間。まもなく桐山茂がここに現れる。

零時三十分、約束の時間だ。秒針が刻々と時を刻む。

零時三十五分。桐山は現れない。

微《かす》かな不安が胸に兆した。

どういうこと?

何か異常があったのか、それとも……。粘ついた汗が肌に浮き出る。水に落とした一点の墨のように、不安が胸中で広がっていく。

もし、彼が来なかったら……。彼が計画を放棄したら……。

いや、そんなことはない。強く首を振って否定した。この計画は、名倉と桐山の執念の結実だ。桐山が放棄するなどあり得ない。

しかし――。

胸の前で固く腕を組んだ。考えてみれば、名倉の死で状況は大きく変わった。名倉亡きあと、桐山が計画の実現性に疑念を持つという恐れも絶無ではない。なぜ、そのことを、いままで自分は考えなかったのだろう。いや……。麻美は自嘲的に笑った。それは無意味だ。手紙を書いた時には、すでに賽《さい》は振られていた。逮捕が差し迫ったあの状況で、たとえその可能性に気づいたとしても、取るべき手段はこれしかなかった。

零時四十分。約束の時間をもう十分も過ぎている。恐ろしい不安が徐々に確信に変わっていく。桐山が裏切った場合、自分は一切の寄る辺を失う。救出の道が喪失するだけでなく、逃亡自体が意味を失う。

零時四十五分。パーキング前の暗い道路を空しく眺めた。桐山は現れない。何か異常があったのか、それとも彼が裏切ったのか。どちらにしても結果は同じだ。とてつもない窮地に自分は追い込まれた。

と、その時だった。突然、闇にカッと二つの光が浮き上がった。一台の車が前照灯をビームに立てて猛スピードで疾走してくる。

桐山さん！

麻美の胸に喜びが沸き上がった。が、駆け寄ろうとつま先を向けた瞬間、車は激しいエンジン音を響かせて眼前を通過した。

えっ？

足先が止まった数瞬の後、麻美は目を見開いて息を呑んだ。すぐに後方に別の車が現れた。さらにその後ろにもう一台。

ダメだ！

麻美はぱっと身を翻して走り出した。警察だ。尾行されたのだ。桐山はそれを知らせるために、スーパーの前を猛スピードで走り抜けた。「逃げろ！」それが桐山が放ったメッセージだ。麻美は駐車場の金網をよじ登り、地表に飛び降りると、低木が茂る坂道を駆け下りた。

丘の小道を全力で走った。警察は八景を中心に広範な捜索網を敷くだろう。五キロ四方か、一〇キロ四方か。ともかく、早急にその外に出なくてはならない。地面は石や木の根っこが突き出していて、何度も躓《つまず》いた。眼を上げると、妙にさえざえとした月が傾くように西に出ている。正面が南。北には文庫警察署がある。南へ。横須賀方面に逃げるのだ。

目の前を、隊列を組んだ警官の小隊が通り過ぎる。そのすぐ後に赤色灯を回したパトカーが続いている。麻美は、住宅街の月極駐車場に身を潜めている。早くも手配が回っている。囲まれてしまった。背筋を冷たい汗が走る。進むことも退くことも出来なくなった。民家の間の細い路地を走った。頭に叩き込んだ地図では、この先に「横浜南部医療センター」という大きな病院がある。取り敢えずそこに逃げ込む。以前、札幌の病院の院長夫人から浮気調査を頼まれ、患者を装って一か月、病院に通い詰めた。その時、看護師たちからいろいろ聞いて院内の事情には多少詳しい。

目の端に、チラリと赤い光が走った。さっと頭を伏せる。前の道を、パトカーが低速で通り過ぎる。巡回するパトカーの間隔が狭まっている。捜索がさらに強まっているに違いない。住宅地の裏庭や家の隙間に身を隠しながら這うように南へ進む。やがて広い交差点が現れ、その先の巨大な建物の上層部に「横南《よこなん》医療センター」の緑色のネオンが灯っていた。

〈もうダメだ、桐山を確保しろ〉

文庫署にいる幹部の絞り出すような叫びが無線から流れた。

〈合同本部各移動、桐山車を制止し、桐山茂、桐山敦両名の身柄を確保せよ――〉

無線司令が復唱する。

生方は軋《きし》むほど歯を噛んだ。追尾作戦は完全に失敗した。先を行く五号車が赤色灯を屋根に載せ、サイレンを鳴らして桐山車を追い始めた。気づかれた以上、一刻も早く桐山茂を拘束し、麻美の居場所を吐かせなくてはならない。桐山のワゴンは猛烈に速度を上げていく。生方たちも速度を上げて五号車に続く。四方からサイレンが響き、先回り要員の覆面パトたちが一斉に追跡を開始した。

〈マル被は、待ち合わせを放棄して逃走した模様。各捜索隊員にあっては、周辺捜索を開始されたい。繰り返す。マル被は、待ち合わせを――〉

〈了解。すでに着手している。捜索範囲を拡大する〉

無線司令と待機部隊の交信が聞こえる。「ピース・ハウス」を起点に半径五キロに待機していた百名近い捜査員がどっと動き出した。

「ちくしょう、警視庁が出張ってやがる!」

秋葉警部補が叫んだ。桐山車の追跡に警視庁の車両が加わって、神奈川県警と争奪戦を繰り広げている。

インパネ下の無線機から、緊急出動を命じる無線司令たちの声が沸き上がってくる。合同本部は、近隣の磯子、田浦《たうら》、横須賀警察署の全署員を動員、警視庁の機動隊とともに、八景を起点に北は文庫、杉田《すぎた》、磯子、南は六浦《むつうら》、追浜一帯の大捜索に乗り出した。京浜急行と京浜東北線、シーサイドラインの各駅を閉鎖するとともに、国道16号、笹下釜利谷道路など幹線道路に検問を張り、周辺の交通網を遮断した。生方はルームライトの下で、周辺地図を食い入るように見つめた。脇から直子が覗き込む。

無線がひと際大きな声を上げた。

〈警視庁の追跡車両が、洋光台《ようこうだい》の手前で桐山を拘束。繰り返す。警視庁が桐山茂の身柄を拘束〉

「クソ！」

秋葉警部補が怒声とともにマイクを放り投げた。

生方は後部座席から腰を浮かして秋葉警部補に言った。

「文庫署に戻ってください。桐山を叩くしかないです」

桐山を尋問し、麻美との接触場所を吐かせる。もうそれしかない。たぶん麻美は徒歩だ。必ず近くに潜んでいる。


〈四機別動、四機別働――〉

金沢八景駅の南に待機していた第四機動隊遊撃車の無線が声を上げた。黒色に塗装された遊撃車は、窓をボルト留めした金網で覆い、ボディには鮮やかな緑色の隊マークがついている。乗り込んでいるのは、一個分隊八名と指揮官の矢内隆一警部補だ。

無線は、神奈川県警に聞かれないよう合同本部とは違う周波数で、司令も四機専従だ。

〈追浜手前の横南医療センター前の交差点で、マル被と似た女の目撃情報を入手。繰り返す、横南医療センター前の交差点で、マル被らしき女の目撃情報を入手。付近の車両は、横南医療センターに向かわれたい〉

ほう……。矢内隆一は、口の中で小さく感嘆の声を上げると、すぐに無線を拡声にして応答した。

「こちら四機０６５７、急行する。病院の封鎖は？」

〈すでに病院警備室に連絡、正門ほかすべての門を封鎖、緊急車両を除く車両と人員の出入りを差し止めている〉

〈了解。応援を要請〉

〈了解〉

矢内は後部座席の隊員たちを振り返った。茨城では緩み切っていた隊員たちの表情が、別人のように引き締まり、目にはハンターの炯々《けいけい》とした光が満ちている。獲物はすぐ目の前にいる。病院は封鎖した。女は袋の鼠だ。

それから十分後、矢内らを先頭に、続々と到着した四機と警視庁公安部の捜査員たちは病院内の捜索に着手した。各階に散った捜索隊は、入院病棟、手術室、薬剤室、放射線検査室……院内のあらゆる場所に踏み込んだ。


麻美は、廊下に掲示された院内地図に素早く目を走らせた。「横南医療センター」は、西、東、南の三つの棟に分かれた十二階建ての大病院で、今いるのは西棟の急性期病棟だ。目的の部屋は、普通、最新設備の置かれていない古い病棟の出入り口に近い場所にある。東棟にリハビリ施設や事務室が集中している。ここが最も古そうだ。

艶の褪《あ》せた廊下を足音を忍ばせて歩き、東棟に渡った。と、突然、視界に濃紺の制服の切れ端が飛び込んできた。

反射的に壁に背中を貼りつけた。恐怖が刃のように突き上げる。早くもここに捜索の手が入っている。

潜入する時、迂闊《うかつ》にも入り口の監視カメラに捉えられたのかもしれない。であれば、警察は院内のすべてのカメラを血眼でモニターしているだろう。浮気調査で病院に通い詰めた時の経験では、院内の監視カメラは、出入り口、待合室、エレベーター前、ナースステーション、入院病棟近辺を中心に設置されていた。札幌の病院も横浜の病院も似たようなものではないか。幸いそうした場所は通っていない。

数人の警官たちがリハビリルームに入っていくのが見える。すでに無数の警官が院内各所を歩き回っているにちがいない。床に張りついた足を引き剝がすように持ち上げ、踵《きびす》を返すと逆方向に進んだ。息を殺して廊下を歩く。東棟にいることはまだ気づかれていないと思う。だが、いつ目前にぬっと警官たちが現れるかわからない。緊張で意識が痺《しび》れそうだ。

目でドアの上の表示板を追っていく。

あった……。職員ロッカールーム。

医師や看護師などのスタッフは、出勤後、ロッカールームに直行し、ここで白衣に着替えてそれぞれの持ち場に散る。

ホッとした直後、鼓膜が微かなざわめきを捉えた。男たちの話し声。警官。後方の廊下の奥からだ。すぐにこの廊下に出て来る。麻美はロッカールームにダッシュした。

警官たちの声がどんどん近づいて来る。ドアの取っ手に指をかけた。旋錠されていればアウトだ。祈る思いで取っ手の金具を押し下げた。取っ手は、神が微笑《ほほえ》むように滑らかに回った。

麻美は、ロッカールームに躰を滑らせると、扉を素早く閉め内側から鍵をかけた。すぐに警官たちの足音が聞こえ、ドアノブがガチャガチャと回された。慄《ふる》えを抑えて呼吸を止める。警官たちは捜索のため、マスターキーを持っているにちがいない。躰の深部から引き攣《つ》るような感覚が沸き上がる。

「旋錠されてます。どうします？」

「ふーん」

指揮官らしい男の迷う気配が伝わってくる。拍動が激しく胸を打つ。まるで心臓だけの生き物になったみたいだ。

「ここは、すでに別班が当たったはずだ。施錠されてるんだな？」

「はい」

「ならいいだろう。よし、次！」

警官たちが去る気配がする。緊張の圧力が空気のように抜けていく。

警官の声が遠ざかるのを待って、麻美は薄暗い部屋を見渡した。数十のスチール製のロッカーが、五列になって並んでいる。部屋の隅に白衣と臙脂《えんじ》色の上っ張りが山と積まれている。医師や看護師たちは、毎日ユニフォームを着替える。汚れた白衣は帰宅時にロッカールームの籠の中に脱ぎ捨て、後に業者が回収する。籠を探って、脱ぎ捨てられた中から丈が合う白のスラックスと臙脂の上っ張りを身に着け、その後、ロッカーの扉を片っ端から開けて回った。大半は鍵がかかっていたが、旋錠してないものも十以上ある。病院内は意外と無防備だ。未施錠のロッカーの中に、IDカードを入れたストラップ付のプラスチックホルダーを見つけ、首から吊るした。新しいマスクも入っている。大ぶりのマスクをかけ、目許の際まで引き上げる。麻美は、デイパックにセーターとジーンズを詰め込むと、脱いだ紺色のハーフコートとともにロッカーに放り込んで扉を閉めた。

ピンポンピンポンポンという電子音が聞こえる。ナースコールや計測機器の喚起音で、この音がする付近には看護師がいる。ユニフォームにマスクをしていても彼らは不審者に気づく。麻美は喚起音を避けて廊下を進み、南棟にある輸血部に向かった。廊下は複雑に枝分かれして、ポリウレタンの床は人の足音を吸収する。いつ警官が音もなく現れるかわからない。慎重に様子を覗《うかが》い、度々方向を変えるからよけいに時間がかかる。

窓から病院の正門が見えた。投光器が白く光り、広大な駐車場が警察車両で埋まっている。出入り口はすべて警官で固められているだろう。完全に閉じ込められた。

ようやく南棟に行き着くと、地下にある「病理研究室」という札のかかった厚い鉄扉の前に立った。首から下げたIDを翳《かざ》すと、カチッと音がして錠が外れた。常夜灯が照らす室内は、溶液漬けの動物の死骸や染色された骨片などがガラス容器に詰められて並んでいる。微かに酢酸のような匂いがする。

　マスクを外して本や雑誌が乱雑に立てかけられた書棚を眺め、一冊の薄い小冊子を抜き取った。「よこなんリリース」とタイトルがある。病院の会報だ。看護師紹介のページから顔の骨格が似ているひとりを選び出す。氏名の部分と顔写真を丁寧に切り取り、プラスチックホルダーからIDを引き出して貼り付けた。次に書棚から幾つかのファイルを抜き出し、提携病院、医師の名前を頭に叩き込んだ。

　輸血部は病理研究室の隣にある。執刀医の指定する輸血液を日赤に発注、保管し、手術の際に提供する部署だ。簡易扉を静かに開け、外灯が差し込む輸血部の室内を見回した。

　OK……。目的の品は、魚の鱗《うろこ》のような銀色の外観を鈍く光らせ、部屋の隅に無造作に積み上げられていた。真ん中に赤十字のマークを付けた手提げバッグだ。血液の運搬に使われる特殊ケース。中の一つを手に取った。

「もしもし」

　その途端、背後で男の声がした。全身の細胞が一気に凍るように収縮した。

　天井の蛍光灯が点滅して室内が明るくなった。男が電気を点《つ》けたのだ。

「もしもし」

　声が背後で繰り返された。

　指先が慄え、心臓が割れるように拍動する。どうする？　麻美は必死で目許に笑みをつくった。俯《うつむ》いたまま、ゆっくりと振り返った。目の端から徐々に紺色の制服が現れ、やがて視界全部を覆って止まった。

「ここで何してる?」

脳を揺るがすように男の声が響いた。麻美は目を上げて正面に立つ男を見た。

「あんた、誰?」

男が刺すように睨《にら》む。

麻美は素早く視線を上下させた。男のユニフォームは紺色だが、警察の出動服より淡い。青に近い。防刃チョッキや拳銃の装備もなく、ツナギのような作業着。しかも首からスタッフIDを下げている。

警官じゃない……。全身を絞めつけていた圧力が、風船がしぼむように消えていく。

「わ、わたしは——」

咄嗟《とっさ》に、さっきIDに貼りつけた看護師の名前が迸った。「輸血部の鹿野里香《しかのりか》です」

「見たことねえな、新入りさんかい?」

男は不審そうに麻美の全身を眺め回す。

「先月から。ここの前は、オペ室」

男は、歳のころは三十過ぎか。浅く被ったキャップの横から、茶色に染めた長髪が覗いている。

「こんな時間に、何してる?」

男には少し東北の訛《なま》りがある。

「あなたこそ、何を?」

麻美は唇を引いて改めて笑顔をつくった。

「へ?　俺は、サンパイの者よ」

「サンパイ?」

「産業廃棄物。感染性廃棄物の回収。そこの辻井《つじい》先生の判子、取ってよ」

「判子?」

男の視線の先に目を遣ると、デスクのペン皿に三文判が転がっている。突っ立つ麻美に苛立ったのか、男がつかつかと歩み寄り、判子を取って、手にした一枚の用紙に押し、別の一枚に自分のサインと時刻を書き込んで机に置いた。

麻美の脳が、息を吹き返したように回転し始めた。病院の廃棄物には、注射針や血液、臓器など、感染の危険を含むものがある。これらは感染性廃棄物として院内に保管され、専門の産廃業者に引き取られる。引き取りには医師が立ち会い押印する建前だが、医師たちは判子を放置して業者任せにしているのだろう。廃棄物は箱詰めされ、多分、病理室の倉庫に保管されている。男はそれを回収に来た。

「わたしは、RHの残量を見に来たんです。きのうだいぶ使ったから」

「こんな時間に?」

「朝イチで手術だから。でも、これだけあれば安心、日赤に行かなくて済みそう」

「へへ、残念、俺、このあと上がりだから、少ないんだったら一緒に取りに行ってやったのによ」

男の唇に好色そうな笑いが浮いた。麻美の頭にパッと光が差した。この男、使える。

「ありがとう。廃棄物の車って、トラック？」

「ああ、三トン」

「お手伝いしますよ。廃棄物の積み込み」

「は？」

「どうせ、朝まで待機だし」

「ええ〜。いいのかい？」

汚染廃棄物は、業者専用の駐車場から搬出される。おそらくそこは警戒が薄い。産廃車で病院を脱出する。

「さ、早く。倉庫を開けて」

手振りで男を促した。

感染性廃棄物は、注射針などの鋭利なもの、ガーゼなど固形のもの、血液などの液状のものと、三種類に分別されて、三〇センチ四方の段ボール箱に詰められていた。倉庫の段ボールは三十個ほど。まず半分の十五個を檻《おり》のような柵で囲われた台車に乗せた。

深夜の業者専用駐車場は、暗い蛍光灯が一つ点るだけで、気味の悪い静寂に包まれていた。

産廃業者のトラックは、入り口の脇に停まっている。三トン車で、後部は銀色のアルミバンだ。

「わたしがこれを積み込んでおくから、あなた、残りを運んで来なさいよ」

マスクをかけながら男に言った。男が戻ってくるまでに、荷台の奥に身を隠す。

「え、いいよ。一緒に積もうぜ」

男はヘラヘラ笑った。

「タイム・イズ・マネー。効率重視だよ。さっさと行って。わたしは積み込んだら帰るから」

麻美は、病理室を指さして男を倉庫へ促した。

「なんだよォ、ここでバイバイかよォ」

未練がましく何度も振り返る男が消えるのを見届けて、車の荷台を覗き込んだ。産廃車はここに来る前、すでに何カ所か病院を回ったらしい。段ボール箱が堆《うずたか》く積み上げられていた。


矢内隆一は苛立ちを抑えて大股に歩いた。時刻は午前三時半を回っている。あと三時間もすれば、早番の看護師や検査技師が出勤し、八時になれば患者たちもやって来る。東棟の再捜索を終えると、矢内は部下とともに南病棟の再捜索に着手した。内視鏡検査室からはじめ、CT検査室、放射線治療室を見て、さらに二、三階すべての捜索を終えたが、マル被はいない。焦燥が矢内の胸を焼く。

「残りは地下の病理研究室と駐車場です」副長の赤井《あかい》が言った。「病理は、今夜、当直もいなくて施錠されてます。駐車場は業者専用で――」

「行こう」

矢内は遮って歩き出した。

病理研究室は真っ暗だった。電灯のスイッチを入れると、眼球をゆっくり横に振った。人影はない。気味の悪いホルマリン漬けのガラス容器が並ぶばかりだ。赤井たちが四方に散った。矢内はもう一度入念に部屋を見回した。最奥のデスクに、A4の紙が置かれている。奥に進み、手に取って眺めた。

「(有)横須賀アースプラント・感染性廃棄物引き取り書」とある。下段の欄に〈近藤《こんどう》〉と名前が乱雑に書かれ、横にはam3:15と時刻が記されている。つい三十分前に、ここに業者が廃棄物の引き取りに来た、そういう意味か……。

「おい、収納場所はどこだ?」

副長の赤井に声をかけた。

「奥に倉庫がありますが」

矢内は倉庫を開けさせた。中は空だ。矢内の両眼が細まった。産廃屋は、ついさっき、ここから廃棄物を運び出した。その後、病院を出る。瞬時に、脳内で産廃業者とマル被の女が結びついた。

「産廃車を押さえろ!」

矢内は大声で叫んだ。

「有限会社・横須賀アースプラント」の産廃回収車が警察官に停止を命じられたのは、南病棟から一〇〇メートルほど離れた病院の裏門だった。運転席の産廃会社社員、近藤圭太《けいた》の顔面を、眩《くら》むような強いライトが照射した。

「降りろ。降りなさい！」

近藤が目をしょぼつかせて車窓を見ると、ヘルメットに防弾チョッキで身を固めた十数人の警官が車を取り囲んでいる。

「なんすか？」

と訊く間もなく、いきなりドアが開けられ、近藤は車外に引きずり出された。

〈運転者を確保。助手席に同乗者はいない〉

警官の一人が無線に叫んでいる。

「女はどうした！　女と一緒だっただろう？」

警官が近藤の肩をつかんで揺さぶった。

「女？　女って……」

年配の警官が、産廃車の後部ドアを足で蹴った。

「ここだな」

警官たちがどっと動いて後部ドアに群がった。

「荷台を開けろ！」

別の警官が近藤の背中を突き飛ばす。

「そ、そこは……」

「開けろ！」

近藤が錠を外し、アルミバンの扉がゆっくり開いた。荷台にはぎっしり段ボールが積まれている。

「全部出せ」

指揮官らしい警官が命じた。すぐさま警官たちが箱を出し始める。続々と警官たちが到着して、裏門の周囲は見る間に警官だらけになった。

粗方の箱を下ろしたが、女の姿は見えない。懐中電灯を持った警官が三人、荷台に飛び乗った。奥の段ボール箱を押しのける。隅々まで照らしたが、マル被の姿はない。

「女はどうした！　さっきまで一緒にいただろう！」

警官が近藤圭太の耳元で怒鳴った。

「お、女って、看護師――」

警官の迫力に、近藤は小便をちびりそうだ。

「そうだ、その看護師だ」

頭上から冷たい声がして、目を上げると、紺色の出動服に身を固めた機動隊員がにらみつけていた。頬に浅く切り傷の痕がある。

「その看護師は、こんな顔だったか」

頬傷の機動隊員が、携帯に映った女の顔写真を突き出した。

近藤は息を呑んだ。

「いい女だろう。だが、庇《かば》い立てしない方がいい。こいつは人殺しだ」

女は東棟の前で降ろしたと、近藤は喘《あえ》ぐように言った。

「東棟！」

警官たちが一斉に走り出した。

警官たちが産廃車を囲んでいる頃、裏門と正反対の位置にある、西棟の救急搬入口に、サイレンを鳴らした救急車が到着した。赤色灯が辺りを染める。ストレッチャーに乗せられた患者が降ろされると、搬入口に待機していた医師と看護師がどっと飛び出し、救急隊員とともに救命室に走っていく。

病院は何があろうと、医療の営みを止められない。救急患者は搬送され、ナースコールは鳴り、緊急手術は執刀される。

麻美は柱の陰からそっと外の様子を覗った。警官が二人、植え込みの向こうに背を向けて立っている。距離はかなりある。救急車の進入に邪魔にならぬように気を遣ったのだろう。

産廃車の荷台に潜むのは諦めた。すでに多数の段ボールで埋まっていて、身を隠すスペースがなかったからだ。男を手伝って三十個の段ボールをすべて積み込み、その後、助手席に乗り込んで東棟に回ってもらい、そこで降りた。東棟と西棟は地下のスタッフ通路でつながっている。

救急隊員たちが空のストレッチャーを押して救命室から戻ってきた。麻美は年配の救急隊員の前に立ち塞がった。

「すみませんが――」低いトーンで声をかける。「血液の緊急搬送です。関内の関内第一病院まで。ご協力お願いします」

手に提げた血液搬送ケースをわずかに持ち上げた。

「日赤の車は？」

救急隊員は露骨に顔をしかめた。

「それが、日赤に問い合わせたら、いま出払っちゃってるって。関内第一病院の輸血部には連絡済みです」

明け方のこの時間は、確かに血液輸送車は少なくなる。関内第一と横南医療センターも提携関係にある。

「幼児の心臓手術なんです。緊急です、お願いします」

麻美は切迫した声を出した。

「おたくは？」

「輸血部の鹿野です。関内第一の担当は循環器外科の長谷川《はせがわ》先生です。もうオペ室に入っておられます」

救急隊員は、胸のＩＤと銀色の搬送ケースをちらりと見て、不承不承肯《うなず》いた。

「わッかりました」

麻美は血圧計や心電モニターなどが詰まった搬送室に乗り込んだ。

サイレンを吹鳴した緊急走行の救急車は、国道16号線に張られた二カ所の検問をなんなく通過し、国道３５７号線に抜けると、広々とした道路を関内に向かって疾走した。

2

湿り気を帯びた夜風が、窓の隙間から吹き込んでくる。黴《かび》たような内装のにおいが鼻腔《びこう》をさす。たぶん、外は雨だ。逃避行はなぜか雨にたたられている。百円ライターで蠟燭《ろうそく》に火を点《とも》した。シミの浮いたビニールクロスの壁が浮き上がる。麻美は仰臥《ぎょうが》したまま、淡い光ににぶく映える天井を見つめた。

ここに潜んですでに三日になる。

かつて横浜の三大商店街の一つと言われた神奈川区のこの商店街も、いまはシャッターを下ろした店舗が目立つ。廃業した店が放置され、商店街が歯抜けになっているのは日本中で見られる光景だ。忍び込んだ空き店舗は、ブティックか古着屋か、そんな類いの商いだったのだろう、収納棚とハンガーラックが二つ、撤去もされずに置かれていた。戸建てだから、電気ガスは止まっているが、水道は戸外の止水栓を捻《ひね》ると開通した。

警察が桐山を嗅ぎ当てるとは、正直、想定外だった。捜査陣は機敏に動いている。警察は今後、桐山を徹底的にマークし、蟻《あり》一匹寄せつけない厳戒態勢を敷くだろう。密会はもとより、連絡さえ不可能になった。

麻美は寝ころんだまま、襟ぐりを探って胸元から革製のストラップをたぐり出した。先に付いた小さなプラケースの中にＳＤカードが入っている。

ＳＤを手のひらに乗せる。指先に力を込めればすぐにも折れそうなこの薄いカードに、すべてが詰まっている。名倉と桐山、そしてわたしのすべてが。

脳裏をスーパーの駐車場がよぎる。暗闇にカッと浮き上がった前照灯。猛スピードで眼前を通過する車。桐山茂がわざわざ待ち合わせの場所を通過したのは、「逃げろ、気づかれている」というメッセージだ。だが、それだけじゃない。こめられた意味はもう一つ。あの瞬間、桐山は強烈にともに戦う意志を示した。

「今はダメだ。だが、俺は味方だ」それを伝えるために、わざわざスーパーの前を通ったのだ。けれど……。がっくりと首《こうべ》を垂れた。たとえそうでも、連絡を取れなければどうしようもない。このままでは計画は瓦解する。ＳＤカードもゴミになる。

出所したばかりの桐山がスマホやパソコンを持っている可能性は低い。たとえ持っていても警察が盗聴し、メールは完璧に把握するだろう。盗聴は違法だが、いざとなったら警察はためらわない。手紙も小包も開封される。あるいはＸ線をかけて中身を確認する。そうした監視の対象は桐山のみならず、実弟や「ピース・ハウス」のスタッフにも及ぶはずだ。ツイッターやフェイスブックに暗号を載せるのも危険だ。見破られる。連絡を仲介してくれる第三者の存在も思いつかない。要は、手足をもがれたように、為《な》す術《すべ》がない。

どうするか……。

麻美は上半身を起こして立ち上がると、廃屋の店舗の中を、腕を組んで歩き回った。

第四章

捜査

1

横須賀一帯での麻美の拘束に失敗して、一週間になる。合同本部はいまも横浜市全域を捜索しているが、有力な目撃情報は寄せられていない。

その日の午後、生方は直子とともに文庫署に出向き、取調室のドアを開けた。小窓の下のデスクに、濃いグレーのセーターを着た中年男が憮然《ぶぜん》と腕を組んでいる。

桐山茂だ。

銀髪に青白い肌。肩幅の張った大きな体軀《たいく》。両眼はやや吊り上がって、瞳の色は薄い。鼻《び》梁《りょう》は高く、彫りの深い造作はどこか日本人離れしたもので、遠い祖先に西洋の血が混じっているのかと思わせる。記録では柔道六段とある。確かに耳たぶは縮れたような餃子《ギョーザ》耳だ。こっちを睨《にら》む眼光は鋭く、それは元刑事のものというより、荒《すさ》んだ狼《おおかみ》のような、ヤクザの眼光に近い気がした。

麻美が逃げた夜、生方は密会の場所について執拗に桐山を攻めた。桐山は一切の供述を拒否した。その後は警視庁の公安部が聴取を独占したが、生方は道警捜一課長の伊勢崎を介して交渉し、「雑談だけ」を条件に、短時間ながら連日桐山と接触を続けた。もちろん桐山は、麻美に関することは一切口にしていない。

「あす、札幌に帰ります」

と、生方は桐山に告げた。自分が道警であることはすでに告げてある。

「そうかい」

直子をちらりと見てから、桐山は無表情に言った。

「今後も、警視庁の調べは続くと思います」

「だろうな。ずいぶん大勢で俺を張ってるよ。連中はよほど暇らしい」

「サッチョウが大動員する理由が、私にはわかりません」

「ふん」

「麻美が持ってる秘密は何です？」

生方は最後の質問をした。どうせ答えるわけもないが。

「あんた――」

桐山が珍しく、眼を見開いて生方にすえた。「一課にきて何年になる？」

「十七年になります。桐山さんが一課を出て、しばらくして配属されました」

「十七年か……」

少し思案するように桐山は腕を組んだ。

「それが何か？」

生方は桐山を見つめた。桐山が話しかけてくることはこれまでなかった。

「麻美のことだがね」

ポンと意を決するように椅子の肘を叩いて、桐山が切り出した。

「はい」

生方は興奮を殺して応じた。最後の最後に、初めてこの男の口から麻美の名が出た。

「指紋は――」

唐突に、妙な言葉が飛び出した。

「指紋？」

「そう、指紋だ」

桐山の色の薄い眼球がにわかに射るような光を帯びた。「麻美の事件、名倉の部屋から出た指紋だが、何紋出た？」

「七紋です。名倉を除いて」

それが何か？　と聞き返そうとしたが、生方は思いとどまった。出鼻をくじくより、話に乗った方が得策だ。桐山は名倉殺しの現場状況を知っている。聴取の合間に警視庁の公安部から聞いたのか？　いや、ちがう。たぶん……。

「その中で、特定できないのは何紋あった？」

「三つです」

事件現場が住居の場合、採取された指紋が全部特定されることはほとんどない。宅配便の配達人や新聞の集金人、近所の者、大家、友人……不特定の指紋はいくつも出る。

「殺される前、名倉は茶を飲んでいた。おそらく、誰かと話しながら。そうだろ？」

「そうです」よくご存知で――と言いかけて生方はやめた。「もちろん、相手は麻美――」

「違うな」

断ち切るような語気で、桐山が遮った。

「その三つの残留紋の中に、たぶん、そいつの指紋がある」

「どういうことです？　おっしゃる意味がわかりませんが」

桐山は両手を顔の前で組んで身を乗り出した。

「あんたら、根本的に間違えている」

「間違え？」

「そうだ」

「何をです？」

「麻美は、名倉を殺しちゃいねえ」

「は？」

「麻美は、犯人じゃない」

生方は唖然《あぜん》とし、それから呆れたように苦笑した。何を言い出すのかと思ったら……。期待した俺がバカだった。

「桐山さん――」

「名倉を殺《や》ったヤツは別にいる」

桐山が再び、押し殺した声で遮った。

生方は笑いを残して、なだめるような口ぶりになった。

「お気持ちは察しますが、桐山さん、それは違う。部屋の足紋は麻美と名倉のものしかなかったし、通報も――」

「ビニール袋を足にかぶせて靴下をはけば、足紋は残らん」桐山が撥《は》ねつけるように言い返した。「犯人はそうしたことも知ってる野郎だ」

「いや、それも検討はしましたがね」

「いいか、凶器のゴルフクラブは血糊《ちのり》が拭われていた。なぜ凶器を放置しながら、血糊だけ拭う必要があった？」

「……」

「ホシがてめえの指紋を拭ったからだ。麻美はたくさん指紋を残してる。クラブの指紋だけ拭うというのは不自然だ。指紋を拭ったのは麻美じゃない」

「いや……」

「ホシはてめえが触った場所の指紋は拭きとった。凶器のクラブも含めてな。だが、知っての通り、潜在指紋は、残る」

最後の言葉を、桐山は断じるように言った。

人間は無意識のうちにどこかを触る。全部拭ったつもりでも、記憶にない場所に指紋が残る。正式には、アルミニウム粉末をかけて肉眼で見える指紋を顕在指紋、見えないものを潜在指紋と称するが、刑事たちの間では、もっぱら犯人が消し忘れた指紋を潜在指紋と呼んでいる。

生方は軽くため息をついた。苦々しい思いが胃の腑《ふ》の底から込み上げる。桐山の聴取はこれまでもまったく不発で、しかも最後に出て来たのは、無残な老いぼれの世迷言《よまいごと》だ。身内の無実を言い立てる、それでは素人と同じではないか。仮にも警部までやった男がそこまで愚かに堕《お》ちたのか。

直子がたまりかねたように口を挟んだ。

「桐山さん。麻美は飛んだんです。ご存知の通り、逃亡は自白です。無実なら法廷で争うでしょう」

「冤罪《えんざい》を晴らしてくれるほど、この国の裁判はまっとうじゃない」

「いや、それを言ったら――」

直子の反発を、生方は片手を挙げて遮った。

桐山が生方を見すえ、同じ言葉を繰り返した。

「捜査は、間違っている。犯人は別にいる」

札幌に帰った生方と直子が、桐山茂と名倉高史の結びつきを突き止めたのは、積雪が白く街路を覆い始めた十一月三十日の夕暮れだった。それは桐山茂が警察官時代に関わった事件簿の中にあった。

名倉の同級生、原口敏明が語っていた十九年前の出来事、二〇〇四年六月二十七日に栗山町で発生した轢《ひ》き逃げ事件。その捜査を中心的に担ったのが、当時、道警本部の捜査一課特殊係にいた桐山茂だった。

事件は名倉の叔母、地元の中学校教員だった太田明日美《おおたあすみ》（三十九歳）と、一人息子の健太《けんた》（二歳）が、道道30号線を自転車で横断中、撥ねられて二人とも死亡したものだ。

原口は〝轢き逃げ〟と言ったが、事故ではなく事件だった。被害者の太田明日美は、撥ねられた後、戻って来た車の後輪に頭と胸を轢かれて即死していた。犯人は、事故を隠蔽するため、被害者を轢殺《れきさつ》した。交通課ではなく、道警本部の捜一が担当したのもそれゆえだ。名倉高史が、桐山を訪ねて岐阜の刑務所にわざわざ出向いたのは、この絡みとみて間違いない。だが、十九年も前の事件をなぜ今さら調べていたのか。犯人が捕まらなかったことに無念は抱いただろうが、刑務所まで訪れて、かつての捜査員に接触するのは異様に映る。

さらに桐山の記録でわかったのは、彼がきわめて優秀な警察官だったということだ。信じられないほど多くの事件を解決している。四十一歳で警部という高速の昇進も検挙実績ゆえだった。二十二歳で警察官に任官、交番勤務を経て、二十代の後半から暴対（暴力団対策部）に五年、そこから機動捜査隊二年を経て捜査一課に移り、そこで十年を過ごしている。いずれの部署でも〝エース〟と呼ばれていた。そのエースが、なぜ、僻地《へきち》の所轄に回され、挙句、悪徳警官の見本の如《ごと》くに堕落したのか、見当がつかない。

他にもわからないことは幾つもある。

①名倉の叔母の轢殺事件に麻美がどう関わるのか？　桐山と名倉には共通する事件だが、麻美には何の関係もない。

②名倉のパソコンにあった秘密を追って、警視庁の公安部までが動員されている。秘密は轢殺

事件と関わりがあるのか？　事件は田舎で起きた小さなもの。警察の大動員とは結びつかない。

桐山と名倉を結ぶ接点はわかったが、事件の全体像は、依然、見えてこない。

「食事に行きません？」

直子の声が生方の想念を止めた。

直子と二人、北署を出た。気がつけば窓の外は薄暗く、空の色は青が黒味を増しつつある。

終日書類とにらめっこで、首筋が鉄板でも入れたように硬直している。

五分ほど歩いた先の、トタン屋根が傾きかけた食堂に入った。パイプ椅子に座り、熱い茶をすする。壁の品書きは、カレーにラーメン、中華丼にカツ丼、焼き魚定食と何でもありだ。生方はトンカツ定食を、直子はアジフライ定食を注文した。

「桐山が殺しの現場の様子を知っていたのは、やっぱ、麻美の手紙ですかね？」

直子が湯飲みを持ち上げながら訊《き》いた。そういえば最近、お互い資料の読み込みに没頭してあまり会話がなかった。

「それしかないな」

警視庁公安部が桐山に話すはずもない。

麻美と桐山は密会の時間と場所を示し合わせていた。おそらく、麻美は逃走する前の、任意で聴取されている間に、桐山宛に手紙を書いて実弟のもとに送った。桐山は釈放後、その手紙を読んだ。そこには密会以外に、名倉殺害の状況が事細かに記されていたのだろう。桐山の保釈日と実弟の住所を麻美に教えたのは、名倉以外考えられない。麻美と桐山は、名倉を通じた〝知り合い〟だった。そして、この三名は何らかの目的で、いわば共同作業をしていた可能性さえ浮上する。そのどこでボタンの掛け違いが起こり、麻美は名倉を殺したのか。

「もし、麻美の逃走の目的が、名倉の部屋から持ち出したデータを桐山に渡すことだとしたら、変ですよね」

直子がチカリと目を上げた。

「どうして？」

「桐山宛の手紙に、SDかメモリを同封して送ってしまえばよかったじゃないですか。自分が持って逃げる必要はないはずです」

「おそらく、カネと引き換えにデータを渡すつもりだったんだろうな。だから直接会わないとならない。先にカネを振り込ませる手段は取れなかった。桐山は刑務所にいたんだから」

直子が湯飲みをコトリと置いた。

「桐山にそんなおカネがありますか？　NPOの福祉施設に入るような境遇なのに」

「実弟から借金すれば、なんぼかは用立てられる」

直子が不満げに呟いた。

「そんなはした金で、人を殺して逃亡するかな？」

「何が言いたい？　麻美が桐山に会う目的は、データを渡すことでないと？」

生方は幾分腹立たしく訊いた。

「はい。データを渡すことは目的の一つではあるかもしれません。でも、それだけなら他に方法があります。麻美が逃亡した理由は別にある、麻美自身が動かなければならない、特別な事情が。そんな気がします」

　直子の眼が確信の光を帯びている。生方は顔を背けて凝った首を回した。こいつの推理癖がまた始まった。十一月十一日の件はまぐれ当たりしたものの、思いつきを飛躍させるのは、本当に悪い癖だ。

　トンカツとアジフライが運ばれて来た。冷えた躰に、熱い豆腐の味噌汁《みそしる》が沁みわたる。カツの肉も柔らかい。直子が大きな口をあけてアジフライにかぶりついた。犬歯で嚙み切り、カリッといい音をさせる。二人、しばらく無言で食べた。

「班長は……どう思います？」

　直子がまた、つと目を上げた。

「何が？」

「桐山茂が言ってたことです」

「何？」

「麻美がホシじゃないって――」

「バカくさい」

　生方は吐き捨てた。桐山は麻美を庇《かば》っている。この二人にはシンパシーがあるようだ。それが何から生起した、どういうものなのか、まるで見当がつかないが。

「名倉殺しは、麻美と桐山の共謀だった、極端な話、そういう可能性もあり得るな」

「刑務所に七年もいた桐山が、麻美とどうやって共謀を?」

名倉が桐山を訪ねたことは岐阜刑務所の面会記録に残っているが、麻美が訪れた痕跡はない。刑務所では手紙は全部検閲されるから、殺害の謀議など不可能だ。

「例えばの話だ」

生方はいまいましく答えた。

「お前、まさか桐山の言うことにも一理あるとか、そんなこと言い出すんでないだろうな」

「まさか……。でも——」

箸を動かす直子の手が止まった。

「でも、なんだ?」

「指紋の件は、確かに変だなと」

「何を言っているんだ。凶器のクラブの指紋を拭った後、麻美は焦ったんだ。全部の指紋は消し切れない、それよりパソコンだと。下手人は動転してるんだ。犯行直後の心理なんてそんなもんだ。理路整然と説明がつくもんでない」

「はい……」

直子の目にわずかに浮かんだ不承の色を見て、生方はパタリと箸を置いた。この際だ、この頑固なヒヨッ子に、刑事《デカ》の性根を叩き込まねばならない。

「いいか——」

直子にキッと目をすえた。「刑事の力の源は何だと思う？」

「は？」

直子は戸惑った顔をした。

「そうですねえ……。正義感？」

「違う。事実と確信だ」

「確信……」

「俺たちは捜査をする。捜査はまず事実を集めることだ。集めた事実からホシを割り出す。前にも言ったが、推測はダメだ。事実だ。名倉の殺害現場に麻美の指紋が多数あり、足紋は麻美と名倉のものしかなかった。死亡推定時刻前後に麻美は名倉の部屋にいた。麻美は逮捕を察して逃走した。これらは厳然とした事実だ。一方、桐山が言うことは、すべて推測だ」

「はい」

「そして次の捜査は割り出したホシを追い、逮捕することだ。犯罪者は執念で逃げる。それを這ってでも追い詰める気力の源は、こいつがホシだという確信だ。確信がなければ追い切れるものではない。取り調べもホシとの対決だ。犯罪者は必死に嘘をつき、同情を引こうとする。こいつがホシだという確信がぐらつけば、こっちが負ける」

「……」

「麻美を被疑者と断定した捜査本部の判断には根拠がある。客観的で正しい。いいか、直子、ぐらつくな。事実と確信、そして執念が刑事魂だ」

「はい……」

直子はうつむいた。再び、二人は黙って食べた。直子は黙々とアジフライ定食を口に運ぶ。説教された後でも食欲だけは変わらない。箸の先で、皿に残ったフライの衣《ころも》と千切りキャベツを丁寧に寄せ集め、欠片《かけら》の一つも残さない。こっちは食う気も失《う》せたというのに。

「ごちそうさまでした」と直子が手を合わせ、それから小首を傾げて言った。

「で、班長、これからどうします？」

その顔に、生方はムッとした。この何もなかったかのような平然ぶりは何なんだ。若い奴らはまるで宇宙人だ。ガツンと言われたんだ、塩漬けの白菜みたいにしおれるのが普通でないのか。生方は苦々しく茶をすすった。

麻美の行方はつかめず、キーパーソンの桐山は横浜にいる。当面、札幌でできる捜査は限られる。

「そうだな。次はクリスマスだ」

名倉のカレンダー、麻美の手帳、二つに共通に赤丸が記されていたのは、十一月十一日と、十二月二十五日だ。

「麻美はこの日に何かしでかす可能性が高い。それには桐山も関わっている。クリスマスに何があるのか、探り出す。おそらく、そこに麻美が現れる」

「はい」

「先ず、麻美、名倉、桐山、三人の関係性を突き止める。名倉と桐山は十九年前の轢殺でつながっている。わからないのは麻美と二人の関係だ」

「轢殺事件がキーですよね。わたし、あの事件が、すべての発端じゃないかって――」

「推測はいい！」

思わず声を荒らげて遮った。

「はい……」

「ともかく、名倉の叔母の事件の資料を掻き集めるんだ」

生方はまた茶をすすった。俺は不運だと思った。

2

国道453号線は、支笏湖《しこつこ》に至る手前で急カーブが連続する峠にさしかかる。雪というより、白いダストのような細かな粒子が横殴りに吹きつけ、ときに風に煽《あお》られて地上から舞い上がる。昼さがりだというのに夕暮れのように暗い。直子はギアを頻繁に入れ替え、エンジンブレーキを利かせて走行する。

生方は今朝、急に本部に呼ばれた。用件はわからないが、嫌な予感がする。取り敢えず、ききょうの聞き込みは直子ひとりで当たることになった。

車は峠を抜け、平らな道路に入った。晴天には青々と輝く支笏湖の湖面が、いまは巨大な灰色の影としか映らない。湖を囲む原生林は、雪と霧氷で白色に染まり、両翼に丘陵を従えて屹《きつ》立《りつ》する風不死岳《ふっぷしだけ》も鉛色の雲に覆われて、辺り一面、まるで凍りついた死の世界だ。

視界の悪さが十九年前の事件とダブる。「轢殺事件」は調べれば調べるほど、不可解な点が浮き上がる。

この一週間、生方と二人、当時の捜査関係者に片っ端から当たった。遠方の署にいる者や退職した者も多かったが、事情を訊いたのはすでに十五人にのぼる。

十九年前、事件発生後、道警は三十名の陣容で捜査本部を立ち上げた。二人も死亡した重大事件だ、帳場が立つのは当然だった。しかし不思議なことに、帳場は一か月後に縮小され、捜査一課の専従捜査に切り替えられた。当時捜査本部にいた警官たちは、「理由は知らない。突然、わけもわからず縮小した」と答えるのみだ。

警察だけではない。検察の動きも変だった。札幌地検の検事も、発生当日、現場検証に顔をみせた。母子の遺体を見た若い検事は怒りで唇を震わせたという。だが、帳場がなくなる前後から、事件のことを一切口にしなくなった。

生方は、当時の刑事たちはとぼけているのではなく、実際に縮小の理由は知らされていなかったのだろうと言う。近年、事件捜査の方針は変わり、ヒラの捜査員には捜査の核心を伝えないことが多い。秘密が漏洩《ろうえい》する懸念のほかに、警察庁が、捜査員が独自に動くことを嫌い、割り当てられた局所的な仕事だけに専念する〝組織捜査〟へと方針を転換したためだ。直子のような駆け出しはもちろん、現場の捜査員は、捜査本部の事情も事件の全体像も知らされないケースが増えている。

それでも聞き込みを進めると、捜査員たちは、縮小前の一か月間の捜査で、容疑者はほぼ絞られていたと証言している。

轢き逃げ事件の捜査のパターンは決まっている。現場の路面や被害者の服には、必ず塗膜痕と呼ばれる自動車の塗料が残る。破損したガラスや部品片が落ちている場合もある。ここから車種の特定が始まる。各県警本部にはデータベースがあって、塗膜痕から車種、年代を特定するのは容易《たやす》い。同時に捜査員は目撃者の発見に全力を挙げる。目撃者が見つからない場合はNシステムなどを使って往来した車を絞り込む。車が絞り込まれたら、「車当《しゃあた》り」に入る。割り出した複数の車を実際に見て回る。修理工場に修理状況を訊きまわる。こうして容疑者にたどり着く。

名倉の叔母たちの捜査も同じ手順を踏んでいる。二人を撥ねた車は、米国クライスラー社製のジープ、チェロキーの二〇〇〇年型と判明、ボディの色は赤。事件直後、同じ色のチェロキーが岩見沢《いわみざわ》方面に走行していくのを見たという複数の目撃者も出て来た。

チェロキーの所有者はすぐに割れた。札幌市に在住する深大寺敬一《じんだいじけいいち》という四十五歳の男で、深大寺は当時、札幌外語という私立大学の講師をしていた。捜査本部が突然縮小されたのは、深大寺敬一に当たった直後だ。逮捕を免れた深大寺は、いま、沖縄で悠々と別の大学の教授になっている。

容疑者は目の前にいた。にもかかわらず、なぜ捜査は止められたのか？　事情を知っているのは、幹部たちだ。当時の道警本部の刑事部長、栗山署長、捜査一課長、捜査主任だった桐山茂。少なくともこの四人は絶対に知っている。彼らはすでに引退し、キャリアの刑事部長はその後栄達を重ねていまは東京に、栗山署長と捜一課長は札幌市内に住んでいる。生方は「幹部たちには当たるな」と指示した。幹部に当たれば、轢殺事件を調べていることがいまの道警上層部に筒抜けになる。潰された捜査を調べる捜査は、再び潰される恐れがある。「近々、俺が横浜に飛んで、直に桐山に当たる」と生方は言うが、桐山が口を割るとは直子には思えない。

樹氷がつくる純白のトンネルが途絶え、フロントガラスに支笏湖の温泉街が見えてきた。支笏湖は不凍湖で真冬でも凍らない。熱い湯に浸かりながら眺める、広大な湖面と原生林の組み合わせは絶景で、古くから温泉街として栄えてきた。ここに、幹部以外で捜査本部縮小の実情を知る人物がいる。

滝川淳平《たきがわじゅんぺい》。

刑事時代の桐山茂の相棒だ。捜一でずっと同じ班に属し、桐山が班長になって以後も仕切り役として支え続けた。主任だった桐山は、捜査が潰されたことに憤然としたはずだ。長年の相棒にならその心情を伝えているのではないか。滝川淳平も桐山が逮捕された直後に警察を辞めている。桐山より一つ年下だから、今年還暦を迎えたはずだ。

食堂や土産物屋が肩を寄せ合うように軒を連ねた一角に、「湖畔《こはん》マート」という看板が見える。直子はその前で車を停めた。滝川淳平は、警察を辞めてから、夫人の実家の商売を継いで、この土産物店を営んでいる。

「ごめん下さい」

大きな声を出してガラスサッシの扉を開けた。ヒメマスの燻製《くんせい》やアイヌの民芸品などがゴタゴタと陳列された隙間を抜けると、奥のレジから、小柄な中年男が丸い眼鏡を鼻にひっかけてこっちを覗き込んでいた。キョロリとした黒い眼、薄い頬……。鼠を思わせるどこかひょうきんな容貌は、署を出る前に写真で確認した滝川淳平に間違いない。レジの横に真っ白な太った猫が寝そべっている。猫は面倒くさそうにちらりと直子を見て、すぐに眼を閉じた。

滝川淳平への質問は二つだ。深大寺敬一はなぜ逮捕されなかったのか？　轢殺事件が麻美とどう関わるのか？

滝川淳平は、鼻眼鏡をズラして、直子の差し出した名刺をしげしげと眺めた。

「ちょっと驚いた。女刑事さんかい？」

「はい。まだ駆け出しです」

「見たらわかるよ」

直子は、十九年前の母子轢殺事件のことを覚えているかと確認した。

「うん」

滝川はこっくり頷いた。潰されたヤマを忘れる刑事なんかいない。

直子は単刀直入に訊いた。

「深大寺敬一をなぜ逮捕できなかったんですか」

「深大寺？」

滝川は白い眉を寄せ、それから、うーんと、記憶をたぐるように眼を天井に向けた。

「ええ、轢き逃げの被疑者です。チェロキーの所有者」

「ああ、そうだった。そんな名前だったな。したけど、そいつは、違うんだ。大した奴でない」

「は？」

「ホシでねえってことだ」

「どういうことです？」

「そいつは車を貸しただけだ」

「えっ。つまり深大寺から事件当日チェロキーを借りた人物がいると？」

「そうだ。そいつがホシだ」

思ってもみない展開で、直子は言葉に詰まった。

「その人物が誰か、突き止めたんですか」

「もちろん」

滝川がニッコリした。直子はほっとした。一瞬、犯人が遠のいたかと思った。

「誰です？　それは」

ははは、と滝川が声をたてて笑った。

「そこまでだよ、駆け出しさん」

「え？」

「これ以上は俺の口からは言えねえわ」

「言えないって……、どうしてですか」

「当時のことを蒸し返せば、傷つく人間が出てくる。だから俺からは言えねえ」

「伺ったことはもちろん他言しません。秘密は守ります」

「ダメだ」

滝川は急に険しい顔つきになって首を振った。「それにな、捜査ってやつは、刑事《デカ》が靴すり減らして辿《たど》り着くもんだ。誰かがあっさり喋ってくれるもんでねえ」

「散々、調べ回ったんです。ここに来るまでに」

「知ってるよ」

「知ってる？」

「ああ。昔の仲間から次々連絡が入ってきたさ。北署の刑事《デカ》が嗅ぎまわってるって」

直子は唇を噛んだ。警察一家とよく言われる。警察官は引退してもなお〝家族〟だ。身内意識は死ぬまで続く。生方は、上層部に筒抜けになるから当時の捜査幹部に当たるなと言っていたが、この分では自分たちの捜査は、すでに上の耳に入っている。生方が今朝、急に本部に呼ばれたのは、そのせいかもしれない。

「わたしたちが調べているのは、実はほかの事件です」

「うん」

「轢殺事件はあくまでその傍証として――」

「知ってるよ。札幌の殺しだべ」

「えっ、どーしてそれを？」

「んなもん、みーんな知ってるさ。尾行中に目の前でホシに飛ばれたんだろ？　ドジにもほどがある」

　直子は思わず、赤くなって俯《うつむ》いた。

「なんだ、あんたも飛ばれた時、現場にいたのか？」

「いえ……まあ……」

「そのうち捕まるさ。そう気にしないでいい」

「そのマル被を捕まえるために、轢殺事件のことを知りたいんです」

「へえ？」滝川は顔をしかめた。「何の関係があるのよ？」

「いえ、それは……」

「捜査上の秘密かい」

「そうですね」

「ふん」

「滝川さん。飛ばれたのはドジですが、わたしたちはいま追跡に手を尽くしています。轢殺事件の真相を教えてください。札幌の事件の解明にとても大事なことなんです。深大寺に車を貸したのは誰で、なぜその人物を逮捕する前に捜査本部は縮小したのか？」

「したら、そこまで言うなら教えてやるわ」

「お願いします」

「帳場が散ったのは、簡単だ。本ボシが逮捕できねえ奴だったからさ。んで、捜査は潰された。

そんだけの話だ」

　滝川はこともなげに答えた。

「逮捕できない奴って？」

「それは言えんよ」

「二人も死んでる凶悪事件ですよ。それで逮捕できない人間なんて、誰です？」

「知らんな」

「大物政治家とか？」

「さあな」

　滝川は視線をそらし、傍らの白猫の背中を撫で始めた。猫が薄く目をあけて直子をにらんだ。早く帰れと言いたげに。

　直子は途方に暮れた。一体、どうすれば滝川のガードが崩せるのか……。

　滝川がひょいと顔を上げた。元の飄々《ひょうひょう》とした顔つきに戻っている。

「んなことより、お嬢ちゃん――」

「お嬢ちゃんじゃありません」

　直子は思わずムッとした。自分は警察官として事情聴取しているのだ。

「これは失敬。刑事さん。きょうはここらで切り上げて、温泉でも浸《つ》かったらどうだい。この時間なら日帰りも空いてるべ」

「結構です」

「したら、ヒメマスでも食っていきな。フライがいい。頭からバリバリ食える」

「いや――」

「刺し身や塩焼きもいいけどね、俺はフライが一番だと思うど。燻製もあるけどね。燻製食うなら、酒になるわな。酒なら地酒の氷雪だ。いい酒だが、車なら無理だべな」

直子は絶望で目を閉じた。滝川淳平はひよっ子の女刑事を翻弄して楽しんでいる。これ以上食い下がっても口は割らないだろう。

ならばいい。そっちがそうならこっちはこうだ。直子はかっと目を開けて、挑むように言った。

「じゃ、ヒメマスを頂きます。お刺身で」


北署に戻ったのは、午後十一時を回っていた。なにしろヒメマスをご馳走《ちそう》になった後、滝川に乗せられて温泉にまで入ってしまった。冷淡な面と妙に人懐っこい面が入り混じった、変なおっさんだ。

暗い捜査本部の一隅にスタンドが点《とも》って、生方が一人で資料を読んでいた。

「戻りました」と、声をかける。

「どうだった?」

生方がこっちを向く。目に濃い疲労が滲《にじ》んでいる。きっと、本部での話のせいに違いない。

直子は滝川淳平の話を詳しく報告した。

「ふうん。逮捕できない奴か……」

「ええ。あんな事件で逮捕できない奴なんて、大物政治家以外考えられません」

あるいは、身内の警察か……と言いかけて、直子は止めた。また「推測」と叱られそうだ。

「滝川は難物だなあ……」

生方が大きく息を吐いた。「滝川が口を割らないのは、当時の一課長や栗山署長らへの義理立てからだ。捜査を潰したことが明るみに出れば、彼らが汚名をかぶる。そういう昔気質《かたぎ》の爺さんなんだ」

けれど、いまは滝川しかいない。

「班長――」直子は、詰め寄るように足を踏み出した。「わたし、毎日でも支笏湖に行きます。滝川にトライさせてください。必ず聞き出してみせます」

3

「あんたたら、強いわあ」

鼻めがねの奥の丸い目が呆れたように見開かれた。「ささ、もっと飲みなさい、飲みなさい」滝川淳平が一升瓶を持ち上げる。

支笏湖の土産物屋の奥で、直子は袢纏《はんてん》をはおって腰をすえている。あれから十日、毎日、支笏湖にこの元巡査部長を訪ねている。その甲斐あって、滝川の態度もかなりほぐれてきてはいる。コップになみなみと日本酒を受けると、顎先を上げて一気に半分を呷《あお》った。北署のおっさん刑事たちとはビールを少々付き合う程度だが、直子は小料理屋の娘である。酒は子供の頃から舐《な》めて育った。大学も体育会だったから、一升呑んで練習再開、なんてザラだった。

今夜は、絶対、落としてみせる。酒でいくぶん赤らんだ眼を、突き刺すように滝川にすえた。

生方によれば、「証人が落ちるときはガサッと落ちる。それまでまったく変化がなくても、ある日突然、前触れもなく、ガサッと落ちる」ということだ。早く、滝川の〝ガサッ〟が見たい。

「どうだ？　この酒は。氷雪って、支笏湖の水でつくった酒だ。それだけでない。そいつを一年、湖の底さ沈めてな、したら、角がとれて、味がまろやかになるんだ」

滝川が、垂れた眉を下げて相好を崩す。まったくもって真性の酒飲みだ。どこにいたのか、突然、白猫がふわりと卓袱台《ちゃぶだい》に飛び上がり、小皿に入れた酒をぴちゃぴちゃと舐め始めた。

「よーし、よし」

滝川が目を細めて猫の尻を撫でる。猫は丸々と太っているが毛艶は褪《あ》せてかなりの老猫にみえる。なんとなくふてぶてしい顔つきで、直子を見ると、いつも横目でにらんでフンと顔を背ける。

「可愛い……ですねえ」

猫は直子に目もくれず、尻尾を立てて小皿を舐め続ける。

「こいつはな、来年二十歳になる婆さんだ」

「二十歳、それはすごい」

「人間で言えば百歳近い」

化け猫か……。

「こいつはな、氷雪しか呑まん。猫はグルメだからな。酒の味がわかるんだ」

「ホント、美味《おい》しいお酒。実家が小料理屋なんで、父にも教えてあげようかな」

直子はにっこり笑うと袢纏の袖をまくって、一升瓶を持ち上げた。

「さ、滝川さんもどうぞ」

今夜はこの店に泊まればいいわ。俺はカミさんに迎えに来てもらって、適当に引き揚げるけどな、暖房は一晩中入ってるよ、と滝川が言った。

望むところだ。夜通し飲んで、へろへろにして吐かせてやる。

折り畳み式の卓袱台には、その奥さんが出してくれたヒメマスの燻製や甘露煮が山と盛られている。

「桐山さんは、どうして、ああなっちゃったんですかね？」

直子は話題を振った。滝川の目はすでにトロンと下がっている。攻撃開始だ。捜一のエースとまで言われた桐山は、麻薬と拳銃密売に手を染め、犯罪者にまで転落した。

「桐さんはねえ……」滝川が俯く。「まあ、半分は、桐さんが悪いんだがね、もう半分は嵌《は》められたんだな」

「嵌められた？　誰に？」

直子は身を乗り出した。

「そんなもん、アレだよ」

滝川が目で天井を指した。

「警察の上？」

「うん。函館で、桐さん、女ができてしまった。いい女でねえ。元は組長のコレだったんだがね、殴る蹴るが酷《ひど》くて、泣きつかれた桐さんが話をつけたのが始まりさあ」

ヤクザの女とできて転落するなど、悪徳警官の典型ではないか、と直子は思った。

「ところがこの女が曲者《くせもの》だったんだな」

直子はコップの縁を舐め、目で先を促した。

「女の後ろにいたのは、実はヤクザでなかった。サツ（警察）だ」

「へえ〜」

「サツは、桐さんが邪魔だったんだべ。知り過ぎた男は、消される運命」

「知り過ぎたって、何を？」

直子は誘いをかける。いい流れだ。

「それは、言えねえ。口が裂けてもな」

「何なんですよ。言えない言えない、そればっかり。名倉の叔母の事件の絡みでしょ？」

直子は口を尖らせた。

「まあ……元を正せばそうだ」

滝川がゆるく頷いた。轢殺事件の捜査に加わったことが、桐山が追われる原因になった、ということだ。

「桐山さんは無実で、罪はでっち上げだったとでも？」

直子は疑念を差し込んだ。いくらなんでも、そこまではないだろう。

「そうでねえ。っていうか、そこが警察の巧いところよ。落としてから、でっち上げる。桐さんはヤクはやった。もの凄いストレスだったからな、あの頃は。したけど、チャカには手は出してねえ。容疑の大半は針小棒大、捏造《ねつぞう》だな」

「でも、桐山さんは法廷で反論しなかったですよね」

「してどうなるってものでない。桐さんはよくわかっていたからね」

「どういうことです？」

「敵が大き過ぎて、足掻《あが》いても無駄だってことさ」

「大きな敵って？」

直子は滝川のコップに酒を注《つ》ぎ足した。話が核心に迫っている。滝川はすでに呂律《ろれつ》が怪しくなってきている。陥落の時が近づいている。

「政治家ですね？」

「うーん」

「それとも、まさか警察？」

滝川が首を左右に振った。

「違う。警察に法廷は動かせない」

「じゃ、やっぱり政治家」

滝川がぐいとコップの酒を呷った。

「政治家が、検察庁に圧力をかけた、そういうことですよね？」

民自党の力は強大だ。検事総長人事さえも左右する。そう言えば轢殺事件も、当初は怒りに燃えていた検事が、捜査が進むにつれてまるで事件のことを口にしなくなったという。犯人は、警察のみならず、検察までも動かせる人間だ。

「うーん」

滝川の呂律がますます怪しくなっている。とどめの矢を放つ時だ。

直子はゆっくりと滝川に酒を注ぐと、何気ない口ぶりで切り出した。

「で、轢殺事件の犯人ですけど。誰なんです？」

「それは言えねえ」

滝川が即座に首を振った。

早かったか……。直子は心の内で舌打ちした。まだ、〝ガサッ〟が来ない。再突撃だ。

「もう〜。そろそろ教えてくださいよ。深大寺敬一には、電話でそれとなく訊いたんですけど、もちろん、けんもほろろに切られちゃいました」

直子は自分もぐいと酒を呷った。「十九年前のあの日、深大寺からチェロキーを借りた人物、誰ですか？」

「言えねっ。言ったらみんなに顔向けできねえ」

滝川はぎゅっと目を閉じて、かぶりを振った。

「お願いします」

直子は神妙な表情で顔の前で手を合わせた。こうなれば泣き落としだ。「教えてもらえないと、わたし、また交番勤務に戻されちゃいます。もう五年もやったんですよ」

「うーん。北海道の交番だら、きついよな」

「そうですよ。信号機の雪下ろし。毎朝やったんですよ」

「あれはきついな。俺もさんざんやった」

「北国の警官は損ばかり。ほらほら」

また滝川に酒を注いだ。「わたしも仲間の一人ですよ。苦労して苦労して、なーんも報われない北海道の警察官」

「そうだなあ」

「そうですよ。いつも昔の仲間のことばっかり。いまの仲間にも目を向けてくださいよ」

「いまの仲間かあ……」

「そうですよ」

「したら……、ホシの名前は言えねえが、ちょこっとだけ教えてやるか」

「ちょこっとって？」

直子はぐいと顔を突き出した。

「あの、母子を撥ねたジープだけどな、実は同乗者がいたんだ。二人な。目撃者がいてな、農家の者がジャガイモ畑の丘の上から見てたんだ。事故の後、三人の男が車から降りて、倒れた母親のそばに突っ立ってるところをな」

「……同乗者たち」

またもや予想外の展開になった。

「氏名は？」

「ちょびっと待て」

滝川はテーブルの縁につかまりながらよろよろと立ち上がると、簞笥《たんす》の引き出しをあけて古びた手帳を取り出した。メガネを外して大きな声で文字を読む。

「ひとりはだな、柘植正三《つげしょうぞう》。こいつは千歳勤務の自衛官だったな。もうひとりは、道庁の職員でな、名前は、久野聡一《くのそういち》」

「えっ？」

直子は目を見開いた。脳みそが丸ごと、頭蓋の中でぐるりと回転した気がした。

「もう一度言ってください」

「ひとりは千歳の自衛官で、柘植正三――」

「もうひとりの方です」

「もうひとりは、道庁の職員で、久野聡一」

思わず身震いした。麻美と轢殺事件のつながりが、いま、わかった。直子は右手を上げて滝川を制すと、携帯を持って立ち上がった。無言のまま、サッシ戸を開けて小走りに店外に出る。

たちまち小雪混じりのマイナス一〇度の烈風が吹きつける。だが寒さは感じない。携帯を鳴らすと、生方はすぐに出た。

「ちょうどいい。いまこっちから電話しようと思ったところだ」

「麻美と轢殺事件の結びつきがわかりました」

直子ははやる気持ちを抑えつけ、声を落として告げた。

「轢殺車両には同乗者が二名いました。そのひとりが、失踪した麻美の父、久野聡一です」

電話の向こうで、生方の唸り声が聞こえた。

「そういうことか……」

「はい」

「直子、こっちからも報告がある。バッドニュースだ」生方の声が強張《こわば》った。

「桐山茂が姿を消した」

4

翌日、生方は急遽《きゅうきょ》、横浜に飛んだ。

尾行は公安警察の得意技だ。公安の尾行には、彼らが「陰」と「陽」と呼ぶ二種類がある。「陰」は、対象者に気づかれないよう、隠密裏に跡をつけるもの。「陽」は逆に、対象者の前に姿を現し、露骨につきまとうもの。監視しているぞ、という威嚇のための尾行で、対象国の外交官や工作員などの活動を封じる狙いがある。

警視庁公安部は、二十四時間、桐山茂を監視下に置いていた。桐山が外出した場合、前後に尾行班を張りつけ、逃走を阻止する態勢を敷いていた。だが、それでも桐山は逃げた。

その日、桐山は、ひとり京浜急行に乗り、金沢文庫駅から日ノ出町《ひでちょう》駅に向かった。下車した後、駅から徒歩五分ほどのストリップ劇場に入った。公安刑事も複数が入店した。刑務所暮らしから解放された男が行くに、ありがちな場所である。刑事たちは苦笑した。桐山は開演前にトイレに入った。そしてそのまま出て来なかった。刑事たちが奥の個室の小窓から脱出したと気づき、緊配をかけたが、すでに遅かった。

生方の前に机をはさんで桐山茂の実弟がいる。文庫署の調べ室に来てもらった。麻美が札幌から出した手紙を受け取ったのも、ストリップ小屋の小窓を教えたのも弟にちがいない。調べると、共同経営の工務店が、以前、小屋の屋根の修繕を請け負っていた。

「兄は、私の学資を出してくれましてね。当時はまだ学校を出たばかりの、警官になりたての小僧でしたから、俸給なんて少ない。ずっと後になって聞いたら、食費を一日三〇〇円に切り詰めていたそうです。笑っちゃいますよね。あのデカい図体で」

兄と違って中背でずんぐりした体型の弟は、大学院を出て大手の建設会社に入った。早期退職したいまは、友人と中規模の工務店を立ち上げている。大学から院までの六年間、桐山茂は学資を負担し続けたという。前科者の兄に献身するのは、それなりの恩義があるというわけだ。

桐山の行き先を知っているだろうと、繰り返し生方は攻めた。脅しもした。

「桐山さんが麻美に会った場合、危害を加えられる恐れがあります」

弟は鼻で笑っただけだった。

「私は言われたことをしただけで、その意味はまったく聞いてません。今回の兄の失踪についても、行き先はもちろん、その目的も一切存じません」

もういいですか？　と言う弟に、生方は頷いた。すでに警視庁公安部が長く話を聞いている。桐山茂は犯罪の嫌疑がかかった人物ではない。その弟をこれ以上引き止めることはできなかった。

調べ室の灰色のドアのノブに手をかけた時、弟は急に振り返って生方に微笑《ほほえ》んだ。

「そう言えば、生方さん。兄が言ってましたよ、取り調べを受けた中で、まともな刑事《デカ》はあなただけだったと」

生方は苦笑した。悪徳警官の見本みたいな桐山に褒められても、嬉しくもなんともない。

桐山が姿を消した目的は、再度麻美との密会を図ったとみて間違いない。桐山の行き先には麻美がいる。

猛烈に煙草《タバコ》が吸いたくなった。署内は禁煙だ。生方は階段で屋上に出た。

風が緩く頬を撫でる。家並みの向こうに海が見える。横浜の海は冬でも青い。生方の故郷、小樽の海はもっと深い紺色で、曇天の多い冬は陰鬱な灰色になる。

煙草に火を点《つ》けた。直子の報告を反芻《はんすう》する。早朝、慌ただしく札幌を発《た》ったから、顔を会わせずじまいだ。

直子によれば、麻美の父、聡一が、名倉の叔母たちを轢き殺した車に同乗していた。麻美は自分の父親が関わった轢殺事件の、被害者の甥を殺したことになる。ようやく、謎だった動機の一端が顕われた。名倉は十九年前の轢殺事件の真相を明らかにしようと動いていた。それは久野聡一にとって、何か致命的に不利益なことだった。だから娘の麻美が、名倉の口を塞いだ。そういう線だ。

しかし……。生方は首を傾げた。

聡一は、麻美が八歳の時に失踪している。父親を失った後の麻美母娘の生活は困窮していた。麻美は中学の頃からバイトで家計を支え、母親の死後は青果店に住み込み、高校を中退している。聡一とつながっていれば、麻美がそこまで貧窮することはなかったのではないか。では、成人したあとで再会したのか。だが、自分を捨てた父親のために殺人まで犯すか？　さらに、そこに元捜査員だった桐山がどう関わるのか。桐山は麻美との密会を企て、麻美は犯人じゃないと庇っている。かつての捜査員が、被害者の側ではなく、いわば加害者の側に立つ理由……。

わからない。見当がつかない。麻美の関わりは見えてきたが、事件の全体像はますますこんがらがってくる。

それにしても……。煙草を消し携帯灰皿に捨てた。

滝川の話からも、当時の道警上層部が意図的に捜査を潰し、轢殺犯を逃したことはもはや疑いない。検察さえもまるで逃げるように捜査から手を引いている。先入観は禁物だが、警察と検察にそんな大きな圧力をかけ得る存在は、直子が言うように、大物政治家、それ以外の線はないと思える。

昨晩、直子に指摘したのは、もう一つの大きな謎だ。なぜ、チェロキーの運転者は事故の後、わざわざ太田明日美を轢き殺したのか。

「車が横断中の母子を撥ねた。不幸な出来事だが、ここまではあくまで交通事故だ。救急車を呼び、警察に連絡すればいい。二人撥ねているとはいえ、このケース、過失致死なら禁錮《きんこ》二年か三年ですむ。一方、殺人となれば長期刑は確実、無期もあり得る」

「でも、政治家なら、二人轢いた時点で政治生命は終わりますよね」

「それはそうだが、もし隠蔽に失敗し、発覚した時の破滅を思えば、あまりにリスキーだ」

「はい、言われてみれば」

「犯人は、どうしても隠蔽せざるを得ない特別な事情があった、その疑いもある」

「なるほど。その事情がわかれば、そこから容疑者が浮上する可能性もありますね」

「チェロキーの運転者は誰か。なんでわざわざ轢き殺したのか。なんで事件は葬られたのか。謎はこの三つだ」

5

翌日の午後、直子は札幌市白石《しろいし》区にある柘植正三の自宅を訪ねた。明け方に降った雪は止《や》んで青空が広がっているが、大気はカチンカチンに冷え切って、路面の残雪から凍るような冷気が立ち上る。

チェロキーの運転者は誰なのか。なぜ、通報せず太田明日美を轢き殺したのか。同乗者だった柘植正三は知っている。

柘植正三は、防衛大学を卒業後、航空自衛隊に入隊、千歳基地を中心に旭川、恵庭《えにわ》などを回り、東京の市ヶ谷《いちがや》と、青森の三沢《みさわ》に合わせて六年勤務した以外は、自衛官生活の大半を北海道で送っている。十九年前の事故当時、柘植の階級は二佐。千歳基地の電子通信部隊を指揮する技術将校だった。柘植自身の出身は熊本だが、退官後も札幌に住み続けたのは、四十歳の時、家族のためにと市内に戸建てを購入したからだ。一九六一年生まれの六十二歳。退官時の階級は一佐だった。

門柱についたインターフォンを押そうとした直前、一〇メートルほど奥にある木製の玄関ドアが開いて、一九〇センチにも迫りそうな長身の男が出て来た。黒のコートに包まれた躰は痩身だが、肩幅は広く華奢《きゃしゃ》な感じはしない。その後ろに、中背のやや猫背の男が続いている。柘植正三だ。

長身の男はちらりと直子を一瞥《いちべつ》して、「失礼」と呟くと、足早に脇をすり抜けていった。

「どちらさん?」

薄茶のカーディガンにサンダルをつっかけた柘植が、訝《いぶか》しげに声をかけてきた。直子が職名を告げると、「何か?」と強張った声音に代わった。

柘植正三は、写真で見たいかめしい制服姿の印象とは異なって、一見、質朴な技術屋といった感じだ。猫背の姿勢と相まって陰気な雰囲気さえする。やや縮れた癖のある頭髪は歳の割に黒々としている。

「十九年前に栗山で起きた事件を調べています。自転車に乗った母子が撥ねられた事件です」

直子が切り出すと、柘植の眉が寄った。強い警戒感が顔中に張りつめる。

「轢き逃げ事件？」

柘植はとぼけてみせた。

「いえ、殺人です。事件について簡単にお話しします」

直子は淡々と十九年前の出来事を説明した。柘植は無表情に聞いていた。

「この女性はご存知ですか？　事件の関係者です」

直子はコートの胸ポケットからＢ５サイズに引き伸ばした麻美の顔写真を取り出した。

「いや、知らんですな」

柘植は一瞥して答えた。

「どこかで会いませんでしたか？　札幌に住んでいた方です。よく見て下さい。どうぞ」

直子は写真を柘植に手渡した。柘植は受け取り、しげしげと眺めた。

「いや、知らないな。会った記憶はありませんな」

「そうですか……」

直子は写真を回収し、次に名倉高史の写真を渡した。

「この方は？」

直子は、写真を見る柘植の表情を凝視した。柘植は、麻美は知らないかもしれない、しかし名倉は轢殺事件を調べ回っていた。名倉が柘植を訪ねていた可能性は高い。

「いや、知りませんねえ。会ったことはない」

柘植はぎこちない笑みをつくった。

ウソだ。瞬時に直子は確信した。柘植は名倉を知っている。

「母親を轢き殺した車は、二〇〇〇年型の赤いチェロキーです。柘植さん、あなたはその車に乗ってませんでしたか?」

「はあ?」

柘植は再びとぼけようとした。直子は間を置かず踏み込んだ。

「その件で、以前、刑事の尋問を受けたはずですが」

直子の吐く息が白く流れた。

「うーん……」

柘植の顔に思案の色が浮いた。柘植は濠《ほり》が埋められていることを自覚したに違いない。腹を括《くく》った顔つきで答えた。

「その件については、私からは答えられない。警察の上層部か、防衛省かに問い合わせてほしい」

「答えられない……どういうことです?」

「どういうもこういうもない。その件はある意味、国家の機密事項だ。個人の判断で喋れる問題じゃない」

「国家の機密？　どういうことですか」

「いや」

柘植は再びぎこちなく微笑み、答えをかわした。そのかすかに揺れる眼球。

「チェロキーの運転者が、被害者を轢き殺したのを目撃されましたね？」

直子は構わずに質問を続けた。

「ノー・コメントだ」

「運転者は、どうして救急通報しなかったんですか？」

柘植は顔をそむけた。

「あなたはなぜ通報しなかったんですか？」

「……」

「運転者が轢き殺すのを止めなかったのはなぜですか？　殺人に時効はありません。あなたも共犯になりかねません」

「いい加減にしろ！　答えられんと言ってるだろう！」

柘植の細い両眼がカッと見開かれた。顔面がみるみる紅潮し、唇が小刻みに慄《ふる》えだす。日頃大人しい男が、全身で怒りを爆発させると逆に怖い。直子は怯《ひる》まず続けた。

「もうひとりの同乗者、久野聡一さんについて何かご存知ですか？　現在の居所とか」

「貴様……」

柘植の顔が青く変わった。怒りで眼球が震えている。「俺を怒らせてどうするつもりだ?」

「そんな、わたしはただ——」

「答える必要はない。帰れ、二度と来るな」

柘植は背を向けると足早に玄関に向かい、音をたてて扉を閉めた。

直子は柘植の背中を見送った。柘植はすべてを知っている。運転者が誰で、なぜ轢き殺したのか、その動機を。そしてはっきり見えてきた。柘植が庇っている者は、政治に関わる大物だ。

「個人の判断で喋れる問題じゃない」という彼の言葉がそれを示している。柘植に沈黙を強いた者。その人物が轢殺犯だ。

直子は、柘植に見せた麻美と名倉の写真を証拠品袋に収め、バッグにしまった。見せたのは、指紋を取るためだ。生方から、関係者の指紋は念のため全部押さえろと言われている。実際、これまで聴取した関係者の指紋は全部、秘匿採取している。バッグを閉じると、蒼白となった柘植の顔が甦《よみがえ》った。「帰れ、二度と来るな」という怒声が鼓膜に響く。つと頰に笑いが浮いた。胸の内で柘植に言う。何度でも伺います。あなたがすべてを話してくれるまで。こんなに不敵な気持ちになることが、自分でも不思議だった。これまでとは違う自分が生まれつつある。直子は閉ざされた玄関ドアを一瞥し、くるりと背を向けた。

第五章
決戦

1

蠟燭《ろうそく》が照らす仄暗《ほのぐら》い空間に、遠く救急車のサイレンが響く。空き店舗の窓枠の隙間から冷たい風が漏れて、仰臥《ぎょうが》する麻美の鼻先を撫でる。

桐山との連絡の方法はまだ見つからない。

いたずらに過ぎていく時間は、過去の様々なことを想起させ、しかしそれらはいずれも断片的で、とりとめなく脳の表面を流れて消える。去っていく父の後ろ姿と、のっぺらぼうの桐山、そして名倉。三人の男の貌《かお》だけが定期的に現れる。最近では、まるで陰湿な精神の遊戯のように、三人の記憶を頭に描いて暗い気分に浸っている。

桐山が麻美の前に姿を見せるようになったのは、父が去った後のことだ。来るのはたいてい夕暮れで、公園の桜の木のむこうに肩の張った大きな影が現れる。

「おじさん……」

麻美はいつもすばやく周囲を見回し、母親がいないか確かめる。母は「おじさん」をひどく嫌っていた。だが、麻美はおじさんと話したくてたまらなかった。理由は父のことが知りたかったから。おじさんは、自分はお父さんと同じ道庁の観光局の人間で、職場でもみんなで一生懸命お父さんを探しているのだ、と言った。

「麻美ちゃん」

おじさんは長身を折るようにして、走り寄った麻美の前で腰をかがめた。のっぺらぼうの顔が麻美の正面にくる。せっつくように麻美は訊《き》いた。

「パパのこと、わかった？」

おじさんはゆっくり首を左右に振った。麻美は落胆して俯《うつむ》いた。

「麻美ちゃんは？　お父さんから電話あったかい？」

おじさんが優しい声で訊いた。今度は麻美が首を振った。

初めて声をかけてきた時、おじさんは、お父さんの居場所がわかったらきっと教えてあげる、代わりに麻美ちゃんもお父さんから連絡があったらおじさんに教えておくれ、と言った。

父がいなくなってから、母は一切父のことを口にしなくなった。麻美が父のことを話せる相手はおじさんだけになっていた。

「きょうはね、麻美ちゃん、面白いものを持ってきた」

おじさんは、毎回、お菓子や漫画本を持ってきて麻美を楽しませた。おじさんはしゃがんで足下の紙袋から小さなケージを取り出した。覗《のぞ》き込むと毛玉のような真っ白な子猫がいる。

「わあ～」

麻美はたまらずに声を上げた。猫はおじさんの手のひらに乗る大きさだった。まだ生まれて二か月かそこらだろう。「ほら」と、差し出された子猫を、麻美は恐る恐る受け取った。雪のように純白で、大きな耳がピンと立って兎《うさぎ》みたいだった。そっと胸に押しつけると、猫は壊れそうに柔らかく、ほんのりと温かかった。子猫は怯《おび》えているのか、かすかに震えていた。

「まだちょっと怖がってるけどね、ミーはすぐに麻美ちゃんが好きになるよ」

「ミーっていうの？」

「そう、ミーだ。女の子だよ」

麻美は急に哀《かな》しくなった。県営住宅ではペットは禁止だった。

「大丈夫だよ」おじさんはニッコリ笑った。「ミーはおじさんが飼うから、おじさんがここに来るときはいつも連れて来てあげる」

「本当？」

麻美は浮き立つように嬉しくなった。

おじさんは週に一度は必ず麻美の前に現れたが、ある日を境にピタリと来なくなった。母から〝おじさん〟が警察だと聞かされたのは、それからずいぶん後、麻美が十歳になった時だ。

その瞬間、おじさんの顔が表情を失い、麻美の中でのっぺらぼうに変わった。

思えば皮肉な話だ。そののっぺらぼうの桐山にいま命運を握られている。

自嘲の笑いが口許に浮いたその直後、突然、麻美の脳の一角で細胞がチカリと光った。

そうか……。ポカンと開けた唇を指先でなぞった。

桐山は、あの日、危険を冒して密会の場所に来た。とすれば、いま、桐山もまた、わたしと連絡を取ろうと必死になっているのではないだろうか。

きっとそうだ、連絡の術《すべ》を探しているのは、わたしだけではないはずだ。

麻美は跳ね上がるように飛び起きた。

電話もメールもSNSも使えない、連絡役を務めてくれる共通の知り合いもいない、まるで手足をもがれたような状況で、桐山もまたなんとかしようともがいている。これは見落としていた重大な要素だ。

もし、わたしが桐山だったら、どうしようとするだろう？　どうしようとするだろう……。

数時間後、ようやく一つの光が差した。桐山とわたしの間にはどう考えても、ルートもなく誰もいない。要するに何もない。実はこれこそが出発点だ。何もない中で、それでもあるとすれば何か？　唯一あるもの、桐山が頼るとすればそこしかない。

2

十二月二十二日。生方は帰札せず、ずっと横浜に張りついている。今は文庫署の刑事部屋で、二〇〇四年の新聞の縮刷版を眺めている。

轢殺《れきさつ》犯は誰なのか？

警察庁のトップに圧力をかけ、検察さえも黙らせ得る存在。直子の言うように、それができるのは大物政治家以外考えられない。そして、警察と検察に同時に圧をかけ得るのは総理官邸しかない。轢殺犯は、総理官邸を動かし得る政治家ということになる。

ひとり思い浮かぶ人物がいる。

高村《たかむら》明彦《あきひこ》。前の防衛大臣だ。民自党の幹事長も務めた大物の息子で、元経産官僚。高村は北海道に土地勘がある。若い頃、札幌の経済産業局に勤務していた。しかも防衛族で、チェロキーの同乗者が自衛隊員だったこととも符合する。十九年前、彼はまだ四十代の前半だったが、将来を嘱望され、当時の首相派閥である泉田《いずみだ》派の後継者と目されていた。自派閥のエースを守るためなら、総理官邸が動いてもおかしくはない。高村明彦の活動記録を検索すると、二〇〇四年の六月は、国会が閉幕した後、地元の島根に帰り、六月二十三日に帰京、そこから七月一日までの記録がすっぽり抜け落ちている。高村は調べる価値がありそうだ。

携帯が鳴ったのは、時計の針が午後十一時を回った時だった。

「ゴロさん――」伊勢崎課長だ。妙に殺した声。「桐山茂を監視カメラが捉えた」

「ええ？」

どっとアドレナリンが噴き出し、政治家の顔が吹っ飛んだ。「いつです？」

「六日前だ。横浜市内のカメラに引っかかった」

「六日前？　そんなに前に？」

「神奈川県警の連中、合同本部に上げないで、てめえらだけで桐山を挙げるつもりだったらしい」

生方は舌打ちした。明らかに抜け駆けだ。

「頭に来るのはそれだけでない。合同本部はきょう朝一で、警視庁とウチに知らせた」

「俺は何も聞いてません」

「だろうな。ウチの公安の野郎ども、俺たちには伏せた」

生方の血圧がぐっと上がった。公安一課長の若造の顔が浮かぶ。神奈川や警視庁が教えてくれないのはまだわかるが、同じ道警内でも手柄争いだ。道警の捜一だけがまる一日近く、蚊帳の外に置かれていたことになる。

「俺が知ったのもついさっきだ。ふざけやがって……」

伊勢崎の歯ぎしりが聞こえた。「で、警備の理事官にねじ込んでカメラの映像を入手した。すぐにゴロさんのパソコンに送る。いいか、ゴロさん――」受話器を持ち直す気配がして、伊勢崎の押し潰すような声が響いた。

「絶対に、あんたが麻美にワッパかけてくれ。ここまでコケにされて、ウチが挙げなかったら俺は死んでも死にきれねえ。ネタをつかんだら俺にだけ教えれ。応援はなんぼでも出す」

生方は、ため息とともに電話を切った。伊勢崎も同じ穴のムジナだった。

桐山の映像はすぐに送られて来た。

黄色のタクシーが中華街東門の手前で停まると、大柄な男がひとり、路上に降り立った。男は顔を隠すためだろう、手にしたマフラーをしっかりと鼻を覆うように巻きつけた。その寸前、男の横顔がはっきり見えた。画像をスチルにして確認する。桐山だ。間違いない。おそらく桐山は、日ノ出町で公安をまいた後、どこかの知人宅に潜伏し、その後に中華街に現れたのだ。

桐山発見の情報は、翌二十三日の早朝、捜査本部の全体会議で全捜査員に公表された。

「この一帯は横浜観光の中心地で、高級ホテルからカプセルホテルまで、宿泊施設だけでも三百軒、店舗は飲食店、小売商店、サービス業を併せれば千軒以上にのぼる。捜索は大掛かりなものになる」

合同捜査本部長の警察庁公安総務課長は、そう説明した後で、ひと際声を張り上げた。「諸君は、くれぐれも所属の壁を超え、一致協力して捜索に当たってもらいたい」

「はい！」どら声の返事が一斉に響いた。威勢がいいのは返事だけ、「一致協力」など誰の頭にもない。

海岸通りの神奈川県警本部には、警官たちを乗せた大型バスが続々と到着した。合同本部は態勢の完成を待って、夕方から中華街近隣の一斉旅舎検に着手する。


午後二時を過ぎた頃から、厚い雲が空に張り出し寒気は一層強まった。さすがに十二月も二十三日になると、生暖かい横浜も寒さが増して、気温はマイナス二度、天気予報は今夜は雪になるかもしれないと言っている。ショールで頭をすっぽり覆い、マスクで顔を隠すには、この天気は都合がいい。

麻美は、県庁通り沿いでタクシーを降りた。神奈川区の商店街から四台のタクシーを乗り継いだ。タクシーには車載カメラを積んだものも多いが、県警本部の情報支援室と直結しているものはまずない。警察が回収して調べなければ、顔認証で割り出される恐れはない。

中華街は、クリスマスの祝いか赤い提灯《ちょうちん》が数珠《じゅず》つなぎになって空を飾り、芋を洗うような混雑だ。冬休みで人がどっと繰り出したのだ。視線を走らせると、私服姿の警官らしき男たちが目につく。年末の警戒だろうが、それにしては人数が多い気がする。不審をまねく仕草はまずい。むしろ堂々としていた方がいい。ゆっくり悠然と歩くのだ。雑踏は最大の隠れ蓑《みの》だ。移動する人波に紛れて、萎えそうになる足を懸命に振り出した。左折して香港路を抜け、そこからさらに枝分かれした路地を進んだ。

あった……。ビルの二階にかかった小さな看板を見上げて足を止めた。

「東方賓館《とうほうひんかん》」。

一階に二軒の中華料理店が入った小規模な鉄筋の建物。二階から上がホテルになっている。このホテルの存在を知る者は少ない。「東方賓館」は、中国本土から来る中国人を客とする宿泊施設で、昔は訳ありの者が多かったらしいが、いまはもっぱら中華街で働く出稼ぎ中国人とその家族らが利用している。日本人は受け付けないし、ガイドブックにも載っていない。

自分と同様に、桐山もまた必死に連絡を取ろうとしている。そう気づいた後、改めて思ったのは、桐山と自分の間には共通する知人も特別な連絡ツールも一切ないということだ。何もない中で、それでもあるとすれば何か？　それは記憶だと思った。ごく短期間のものであれ、桐山との間には共通の記憶だけはある。桐山が頼るとすればそこしかない。

懸命に桐山との思い出を辿《たど》った。淡い交わりの中で、彼が放った場所を示す言葉。

だが、十九年も前のことで、しかも自分はまだ八歳の子供だった。記憶は薄く、断片的なシーンが細切れのように浮かぶだけだ。真っ白な子猫、公園のブランコ、絵本……。猫の名前は「ミー」だった。絵本はなんだったたっけ？　そう、ムーミンだ。そうやって断片に色をつけていくような作業を繰り返した。

やがて、一つの会話が浮かんだ。

「わたし、ディズニーランドに行きたい」

一度、桐山にそうせがんだことがある。桐山は子供の気を引くため、動物園に行こうとか、映画に連れて行ってあげるとか、そんな誘惑も度々使った。あの時、桐山は、「ディズニーランドかあ」と少し困った顔をした。そして別の場所を持ち出した。

「もっと面白いところがある。中国人がいっぱいいるところだ。中華まんじゅうやシュウマイがほかほか湯気を立てて、そりゃあ、頬っぺたがとろけちまうほど美味《おい》しい。そこならすぐに行ける。おじさんの友達のホテルがあるんだ」

子供の麻美は落胆した。中国人なんか見たくない、シュウマイなんか食べたくない、と。

はっと息をのんだ。そこだ……。記憶の中で共通する首都圏の場所はそこしかない。

だが、「友達のホテル」の名前がわからない。ドアは見えたが鍵がないに等しいもどかしさ。

歯ぎしりした末、ようやく浮かんだのは丸い形の菓子だった。「旨《うめ》えぞ〜。頬っぺたがとろけちまうぞ」と桐山が自慢げに持ってきた中華菓子。いま思えばそれは月餅という焼き菓子で、中に杏子《あんず》のジャムが詰まっていた。

そう、あの月餅だ。中身が杏子のジャムという月餅は珍しいのではないか。すぐさま中華街組合に問い合わせ、「東方賓館」を割り出した。

シティホテルは監視カメラの巣窟だ。一歩足を踏み込めば、たちまち画像が警察の顔認証にヒットする。しかし、「中国人しか泊まれないホテル」なら……。

中華料理店の脇の、幅一メートルにも満たない薄暗い階段を昇ると、急に視界が開けて、臙《えん》脂《じ》色の絨毯《じゅうたん》が敷き詰められたホールのような空間が現れた。光度を落とした照明の下に、数脚の革張りの椅子が置かれている。

カウンターの呼び鈴を鳴らすと、老婆が出てきて早口の中国語で何か言った。身振りで何か書くものを求めると、老婆は小さな紙片とボールペンを突き出した。「桐山」「名倉」と、麻美は書いた。

「名倉さんですね」

数分後、低い声が背後で響いた。振り向くと痩せたメガネの男が立っている。歳の頃は六十前後か、銀髪をオールバックになでつけ、薄紫のジャケットを着こんでいる。物腰は慇懃《いんぎん》だが目にどこか険呑な光がある。

「はい」

麻美は固い声で応えた。

「桐山さんは、四〇三号室にいます」男は目でエレベーターを指した。

部屋番号を確かめ、厚い木製の扉をノックすると、待ち構えていたようにドアが開いた。視界を塞いで、大柄な男が立っている。

濃い眉、大きな鼻、やや吊り上がった眼……。一拍の間の後に、麻美の目の奥で光が弾けた。白く飛んだ視界の中で、のっぺらぼうだった男の貌が溶けるように歪《ゆが》み、黒い頭髪と太い眉、開いた唇が次々と現れ、瞬く間に一人の男の貌を形づくった。

〝おじさん〟だ。おじさんが当時の顔を取り戻した。子供の自分を手なずけて、父の所在をさぐっていた刑事の顔を。

「麻美ちゃん、だね？」

男がしゃがれた声を発した。麻美は黙って頷いた。

「大きくなった。でも、すぐわかる。目が子供の頃とおんなじだ」

白髪になったおじさんが、泣きそうに笑った。

「そうですか……」

やっとの思いでそれだけ言った。全身の力が抜け落ちそうだ。

「あんたなら、きっと、ここに気づいてくれると思った。もう心配いらない。あとのことは任せるんだ」

桐山の大きな手ががっしりと麻美の両肩に乗った。助かった……。その重さにどっと安堵《あんど》が押し寄せた。

麻美は、襟ぐりからストラップを引き出すと、先についたプラケースの中からＳＤを取り出した。

「これを」

「ああ」

桐山が息を吸うように頷いて、指先でＳＤを受け取った。

「送ったコピーは？」

確かめるように麻美は桐山を覗き込んだ。

「大丈夫だ。弟の家に隠してある。だがな、名倉のパソコンから直に落としたこいつが一番だ。こいつにこもった名倉の思いが、あんたをここまで導いた」

「そう思います」

言ったとたんに熱いものが込み上げ、麻美の眼じりから一滴だけ涙が落ちた。


眼を開けると、ホテルの小部屋には薄闇が漂っていた。窓の外は空にかかった濃い紫色の雲だけがわずかに夕刻の名残をとどめ、その下に並ぶ中華街の店々は明るい灯火で輝いている。麻美はベッドの脇の時計を見た。午後五時。あれから少し眠った。肌に粘つく汗が残っているのは、また父の夢を見たからだ。

「麻美、今夜はパパとご飯を食べに行こう」

あの日、父は突然、そう言い出した。

「ママは？」

「ママは、用事があって来ない」

父と一緒にバスに乗った。父は陰鬱に唇を引き結んで、顔色は鉛のようだった。最近の父の様子が尋常でないことに、子供ながら気づいていた。思い詰めた表情で考え込み、時に目も虚《うつ》ろだった。何か話そうとしたが、言葉が見つからない。父が左手にぶら提げている黒いナイロン地のボストンバッグが気になってしかたがなかった。それはまるで、一度開けば不幸が次々流れ出す不吉な悪魔の袋に見えた。

狸小路《たぬきこうじ》の近くのファミレスに入った。なんでも好きなものを食べなさいと父は言った。仕方なく、エビフライを頼んだ。父はビールばかり飲んでいた。まるで苦い薬のように呑み下す。食欲なんてまるでわかず、喉元に綿の塊が詰まったみたいだった。黙り込んだ静寂の末に、父は急に声高に言った。

「麻美はさ、頭がいいんだから、きっと、上の学校に行かなきゃいけない。上の学校へ。パパは、学校に行ってないから、辛《つら》い目ばかりに遭った」

なんでいまそんなことを言うのかと思った。遺言みたいな口ぶりで。

父は意を決するように、コップの酒を一気に呷《あお》って切り出した。

「麻美、パパはしばらくお家に帰れない」

父の横にある黒いバッグに目を遣《や》った。悪い予感が当たったと思った。

「どこへいくの？」

「ちょっと遠いところだ」

「お仕事？」

「まあ、そうだ」

「ママは知ってるの？」

喉につまっていた塊を吐き出すように、矢継ぎ早に訊いた。

父は黙って首を横に振った。

「どうして？」

「ママには後から知らせる。その方がいい」

父はそこで口をつぐむと、また苦々しくビールを呷った。母は感情的な人だった。わたしには、父がこの場に母を避けたのはわかる気がした。

わたしは母より父が好きだった。父は勤勉な努力家だった。母やわたしが寝た後も、ひとり、奥の文机《ふづくえ》で背中をまるめて勉強していた。独学で英語を学んでかなり喋《しゃべ》れた。高卒で非正規の嘱託扱いで道庁に入った父が、正規の職員になったのは、この生真面目な性格の賜物《たまもの》だと親戚たちから聞いていた。

「行っちゃ、ヤダ！」

突然、決壊するように、小さな叫びが口から迸《ほとばし》った。声を殺してもう一度言った。「行っちゃヤダ！」

堰《せ》き止めていた思いを口に出すと、同時に堰き止めていた涙がポロポロこぼれて頬を伝った。父の腕がテーブルの向こうから伸びて、掴むようにわたしの小さな頭を撫でた。

ファミレスを出て、父に手をひかれて大通りを渡った。連れて行かれたのはバス停だった。

父はしゃがみ込んでわたしの躰を抱きしめた。

「さあ、行くよ。パパがいない間、麻美はよく勉強して、クラスで一番になるんだ」

「麻美、パパを待ってる。ずっと待ってる」

父の胸の中で必死に言った。頷く気配が頭の上でした。父は断ち切るように立ち上がった。

父の躰が離れると、急に冷えた大気が躰を包み、寒風がわたしの髪を揺らした。背後の道路の騒音が急に大きく耳に響いた。

父は片手を挙げると、くるりと背を返して歩き出した。見慣れたグレーの背広が、明るい通りから暗い路地へと入っていく。

「パパ」

呟くように声をかけた。父の背中が、一瞬止まり、けれどすぐに、振り向くことなく動き出した。父に向かって走り出したかった。けれど、拳をにぎって耐えた。父の背には厳しい拒絶が漂っていた。

父がなぜ突然失踪したのか。真相がわからないままわたしは成長した。記憶の中で徐々に父は薄れた。時折、なんの前ぶれもなく、脳裏にあの夜が甦《よみがえ》ることはあった。それは心臓を針で突き刺すような、鋭利な痛みをともなった。父は死別したのでも、離婚で去って行ったのでもない。自らの意思で妻と娘を捨てた。わたしは無情に捨てられたのだ。

心の奥に封印した忌まわしい父の記憶を、瘡蓋《かさぶた》を剝がすように復活させたのは名倉高史だ。名倉がわたしの前に現れたのは、今年の五月初め、札幌にようやく桜が咲き始めた頃だった。

名倉は、アパートの前で、帰宅するわたしを待っていた。

「久野麻美さんですね?」

低く声をかけてきた。わたしは警戒心で顔をしかめた。変な男は多いが、家の前での待ち伏せは普通じゃない。

「怪しい者ではありません。こういうものです」

名倉はニッコリ微笑《ほほえ》んで名刺を差し出した。

〈翻訳者・ライター　名倉高史〉

眼鏡の奥の瞳は穏やかで、物腰は紳士的だった。名倉のチェックのジャケットの右肩に、ひとひらの桜の花びらが乗っていた。

「久野聡一さん。お父様のことで」

わたしは虚を突かれたようになった。忘れかけていた父の名が唐突に出てきた。

「お父様があなたに会いたがっている。そういう話です」

「……父と会ったんですか？」

名倉は黙って頷いた。

「いつ？　どこで？」

「お父様をめぐっては少し複雑な事情があります。十九年前、彼は突然、あなたの前からいなくなった。その理由もその事情が絡んでいます」

父が失踪した理由……。名倉の顔を凝視した。母でさえ知らなかったその理由を、この男は知っているというのか？　いや、おかしい。本当は父のことなど知らず、住民基本台帳かなにかで調べたのかもしれない。そんな商売があると聞いた。

「あなたがお父様を最後に見たのは、狸小路ですね。ファミレスで食事をして、そこで別れた」

ゾクリと躰が震えた。この男は、間違いなく父と会っている。あの時のことを知っているのは、父とわたししかいないのだから。

「お父様に会いたくありませんか」

「さあ……」

名倉は決めつけたように言った。

「あなたがお父様に会う手助けをさせて頂きたい。ただ、それに当たって、私に協力してもらいたいことがあります」

「協力って?」

「少し込み入っています。まずは話を聴いてもらえますか。その上で、会うか会わないか決めてもらえれば」

決断を促すように、名倉はわたしの顔を覗き込んだ。

その後、名倉とは月に一度の割合で会った。父には会いません、幼い自分と母を捨てた男ですから。そう拒絶することもできた。いまさら会ってどうなる? という気持ちもあった。けれど、なにか不思議な磁力に引きつけられるように、わたしは名倉と会い続けた。名倉は、少しずつ、まるで餌で家畜を手なずけるように小出しに話を繰り出した。

「お父さんは、いま、カリフォルニア州のサンノゼという所にいます。シリコンバレーで名高い街です。食料品をメインにした雑貨店を経営され、店舗を三つ持ち、裕福に暮らしています。内縁の奥さんもいます」

アメリカの、明るい光を浴びた街並みを想像した。日本で下級官吏に過ぎなかった父は、アメリカに行って、輝かしい暮らしを手に入れていた。

「聡一氏ももう五十代の後半です。年齢とともに望郷の念は募る。中でも、彼の最大の願望は、日本に置いてきた娘、あなたに会うことです」

わたしは首を傾げた。ならば、なぜ自分で連絡してこない？

「できない事情があるからです」

察するように、名倉が言った。

名倉は、大人しそうな初めの印象と違って、ギラギラした野心的な男だった。滑らかな弁舌で包んではいるが、心底で人を見下したような、驕慢《きょうまん》な目線も時々感じた。特に十九年前の轢殺事件を語る時には熱がこもった早口になり、時に抑えきれないように大きな声を出した。叔母を殺した轢殺犯を監獄にぶち込む。すべては名倉のその執念から始まっていた。

「私の母は、統合失調症を患い長く病院に入っていました。私が子供の頃からです。ようやく退院したのは、去年です。父は酒を飲んでは暴れる、そういう男でした」

名倉は自嘲的な笑いを浮かべた。「そんな私を、母親代わりになって面倒を見てくれたのが、叔母でした。太田明日美。彼女は私にとって事実上の母であり、姉であり、そして、田舎の少年に英語を教えて世界に目を開かせてくれた恩師でもありました」

「大事なひと……」

それだけ言うのが精一杯だった。胸を突き刺されるような気がした。その人の轢殺に、父、聡一が居合わせ、見殺しにして現場を去った。

名倉は机上のパソコンに躰を向けると、ポンとキーを叩いた。ブラックの画面から音声だけが流れてきた。

「この録音が、轢殺犯を告発する秘密兵器です」

〝秘密兵器〟について説明した後、名倉は、説き伏せるように身を乗り出した。

「しかし、これだけでは不十分だ。犯人を監獄にぶち込むには、当時、捜査に当たった桐山茂の証言、そして、同乗していた久野聡一氏、あなたのお父さんの証言が欠かせない」

名倉は何度もサンノゼに行き、父、聡一を説得した。聡一は拒否し続けた。自分が証言すれば、犯人や柘植が口裏を合わせて偽証し、自分が轢殺犯に仕立て上げられると言った。十九年前も、東京から検事が来てそう脅されたのだと。

名倉は、聡一の望郷の念、なにより娘との再会の願望につけ入った。諭すように聡一に言った。

「クリスマスに取りあえず来日して、一度、麻美さんと会ってみればいい。会ってから決断すればいい」

名倉にとってわたしは、聡一の心の壁を突き崩す決め球だった。

聡一はついにクリスマスの一時帰国を承諾した。名倉は、桐山とわたしとともに聡一と会い、そこで一気に、聡一の証言を収録する目論見《もくろみ》だった。

けれど、名倉の計画を聞いた時、わたしは漠然と何かが違うと感じた。それはすぐには言葉にできなかったが、ある日、はっきりとした輪郭をもって頭の中を支配した。名倉の考えには大きな欠落がある。この人は人間の怖さがわかっていない。

自分の考えを名倉に告げた。

「人間の怖さ?」

名倉は笑い、わたしの懸念を一蹴した。そして、「準備金だ」と一〇〇万円の札束をポンと渡した。

わたしはまとわりつくようなこの懸念を払拭できなかった。だが、もう一度話し合おうとマンションを訪れた時、名倉はすでにこの世の人ではなかった。

あの日、遺体を前にした恐怖と混乱の中で、やがて頭の中にはっきりと浮かんだことがある。名倉の真意だ。彼とわたししか知らない、本当の目的。

名倉との長大な話し合いの中で、彼の目的が、叔母の仇《かたき》を討つにとどまらないことはわかっていた。それは名倉にとっては壮大な野心の実現であり、わたしにとっては、運命を大きく変えた者への報復だった。

葬儀の日、名倉の遺影に呟いた。あなたが間違っているのか、それともわたしが違うのか、答えを出す、と。

そして誓った。

名倉さん、あなたの遺志を果たします。

十二月二十四日。朝、呼ばれて桐山の部屋に行くと、桐山はカーテンの隙間から外を覗き込んでいた。

「中華街がバレたようだ」

桐山が振り返った。

バレた？　麻美は窓辺に走り寄った。視線を眼下に振ると、まだ店も開かず、人の少ない通りに、私服の警官が三人、寒そうに固まっている。道路の対岸にも二人、一〇メートルほどの間隔でまた三人。凍るような緊迫が一気に全身に回っていく。そういえば、昨日も警官がやたらに目についた。

「中華街の出入り口は、全部警官が張りついて検問している」

「あれは？」

指で上方を指した。はす向かいのビルの屋上に警官がカメラを設置している。

「最新型の顔認証カメラだそうだ。雑踏や群衆にレンズを向けると顔だけでなく体型でも識別するらしい。要は、一歩通りに出れば、覆面をしてても体型認証に引っかかるってわけだ」

「このホテルに閉じ込められたってこと？」蒼白になって桐山に詰め寄った。「どうするんです？　明日は東京に――」

昨晩、桐山から初めて聡一を迎える場所を聞いた。品川のホテルだ。

「大丈夫だ。手は打ってある。ただ予定はちょっと変更だ。俺は明日午後一時半にここを出て、品川ワールドビューホテルで聡一氏を迎える。麻美さん、あんたはここで待機だ。その後、俺は聡一さんと一緒に戻る。いよいよお父さんと対面だ。聡一さんには、その後で証言してもらおう」

　部屋に呼んだのは、これを伝えるためらしい。

「あんたはここでゆっくり待てばいい」、安心しろと言うように桐山が微笑みかける。

　麻美はゆっくりと首を左右に振った。

「いえ、わたしも品川に行きます」

「それはダメだ。状況が変わったんだ。俺は万一捕まっても犯罪者じゃない。だけどあんたは殺人の被疑者だ」

「わかっています。けれど、どうしても行かなくてはならないんです」

　低く言って、桐山に目をすえた。

「なぜだ？」

　桐山が眉を寄せた。麻美は一呼吸置いてから切り出した。

「桐山さん。まだ話していない大事なことがあります」

「何だね？」

「父のことです」

「うん」

「明日、父は、来ないかもしれません」

「は？」桐山が驚いたように目を見開いた。

「来るか来ないか、可能性は半々……」

桐山が大声を出した。

「何を言ってるんだ。来るさ。実の娘が待ってるんだ、必ず来る」

「そうでしょうか？」

「名倉は、聡一さんに何度も会ってる。彼の望郷の念を直に聞いてる。娘のあんたと再会したいという強烈な願望をだ」

「……」

「もう二十年も会っていない父親だ。あんたが不安になるのはわかる。したけど、子を想《おも》う親の気持ちは切実だ。だから聡一さんは名倉の申し出を受けた。聡一さんは必ず来る」

麻美は黙って首を左右に振った。

「桐山さん、親子って、そんなにきれいなものですか？」

「どういうことだ？」

桐山の眉が訝《いぶか》しげに寄った。

「きれいな絆《きずな》で結ばれた親子もいます。でも、親子の関係は美談ばかりじゃありません。世の中の多くの子供は、実は、親に苦しめられている、それが現実じゃありませんか？」

「何が言いたい？」

麻美は押し込むように言った。

「最近の殺人事件は、六割近くが家族間で起きています。親が子を殺し、子が親を殺す。妻が夫を殺す。それが家族の実の姿じゃないんですか？」

「大半は違う」

「わたしの興信所の調査依頼は、八割が家族の素行を洗うものです。家族同士の不信と憎悪……」

「それは――」

桐山の頬が不快げに歪んだ。

麻美は悲しく笑った。

「人間は醜い……。誰だって自分が一番可愛《かわい》い。夫や妻より、親や子より……。人は、一皮むけば、エゴの塊り……」

急に耳の奥で風が鳴った。大通りの喧騒が聞こえる。グレーの背広が見えた。その背中が明るい通りから暗い路地へと入っていく。あの夜の光景。

父も醜い……。麻美は唇を噛んだ。

「麻美さん、あんた、さっきから、いったい何が言いたい。訳が分からん。もっと端的に言ってくれ」

桐山がたまりかねたように言った。

麻美は目を上げて唇をひらいた。

「わたしが逃走を決意した理由は二つです。一つは、名倉さんの計画を実現するため、もうひとつは、わたしの無実を証明するためです」

「もちろん、そうだ。轢殺事件の真相を明らかにすることは、あんたの冤罪《えんざい》を晴らすことにもつながる」

今さら何をという口ぶりで桐山が応じた。

「いえ、わたしがしたいのは、名倉さんを殺した犯人をこの手で捕まえることです」

「犯人を捕まえる？」

「彼を殺した犯人は、轢殺事件が明るみに出ると困る人間です。だから名倉さんの計画を阻止しようとした」

「その通りだ」

「父がもし、轢殺事件を公にしようなんて思わず、逆に闇に葬ろうとする側だったら？　事件が公になれば、父も責任を追及され、アメリカにもいられなくなるかもしれません」

「どういうことだ？」桐山の目が剣呑に細まった。

「名倉さんの計画を知っていたのは、刑務所にいた桐山さん、わたし、そして父だけです」

桐山の目にさっと怒気が浮いた。

「聡一さんが名倉殺しの犯人だとでも言うのか？　バカくさい！　第一、彼はその時アメリカにいた」

「そうです。でも、誰かに計画を教えることはできます」

「それが〝人間は醜い〟につながるのか？」

「はい」

「バカくさい！　何を言い出すかと思ったら。さっきも言ったが、あんたの心配は、不安から来る妄想だ」

「わたし、名倉さんにも言ったんです。父は、実は轢殺事件を公にしたくないのではないか、あなたは騙《だま》されているのではないか、あなたは人間の怖さがわかってない、って」

「名倉は何と？」

「考えすぎだ、父は必ず来る。わたしが間違っている、と」

「当然だ」

「わたしは、名倉さんの葬儀の日、彼の遺影に言ったんです。あなたが間違っているのか、それともわたしが違うのか、答えを出すって」

　桐山が怒気を払うように頭を左右に振り、一転、なだめるような口調になった。

「いいか、麻美さん。名倉殺しの件に聡一さんが関わっている可能性は、実は俺も考えた。だが、轢殺事件について、名倉が協力を求めたのが、俺とあんたと聡一さんだけとは限らない。彼は様々な手を打っていただろう。我々の知らない動きもしていた。他の者にも質問をしたり、協力を仰いだ。名倉殺しの犯人はそうした中の一人だ。名倉殺しに聡一さんの関与を疑うのは、お門違いだと俺は思う」

「かもしれません。だからわたしは明日、是が非でも品川に行きたいんです。この目で確かめるために」

「……」

「明日品川に桐山さんとわたしが来ることは、父しか知りません。もし、父じゃない誰かが現れたら……」

桐山はため息をついて、それから呆れたように、再び首を左右に振った。

3

朝一のJALで新千歳を発《た》った直子が、京急とJRを乗り継いで関内駅に着いたのは、十二月二十四日の午前十一時を回っていた。吹雪で飛行機の出発が大幅に遅れたのだ。今朝から中華街近隣のマンションやアパートを一軒一軒戸別に調べるローラー作戦も始まり、関内駅周辺は警官たちであふれている。捜索本部が置かれている加賀町《かがちょう》署に向かって、横浜公園を小走りに横切る途中、直子ははっと足を止めた。普通の出動服とは明らかに違う、濃紺のユニフォームを着た警官たちが、機動隊の遊撃車の周囲に群れている。彼らが肩から下げている、長い銃身にスコープがついた狙撃銃は、H&K PSG1というドイツ製の銃に似ている。

SAT（特殊急襲部隊）かも……。

SATは道警にもいるが、ユニフォームは県警によって異なる。黒々とした不安の煙が直子の胸に立ち込めた。桐山の出所前、岐阜刑務所で張り込んだ時、生方がぼそりと呟いた言葉がよぎる。

〈公安は麻美を射殺する気かもしれない。ヤバい秘密に『蓋をする』には最も手っ取り早い方法だ〉

狙撃銃を手にした一群を目の当たりにすれば、あながち戯言《ざれごと》とも思えない。

暗灰色の外壁の、昭和初期の建物のような加賀町署に入ると、署内にひしめく警官の数の多さに驚いた。神奈川県警と警視庁の公安部門の人間が入り混じっているようだ。こんな混沌《こんとん》、強固な縦割り組織の警察では滅多にない。

携帯で生方を呼び出すと、「遅かったな」と不機嫌そうだ。徹夜だったのだろう、眼が充血している。

すぐに二人で中華街の巡回に出た。きょうはクリスマス・イヴだ。大通りにはすでに多くの人が繰り出し、これに出張っている多数の警官が加わって混雑に拍車がかかっている。生方の胸ポケットの合同捜査本部専用のPフォンから、捜索の交信がわんわんと響いてくる。

直子の視線が、すれ違う警官の腰に吊るされた拳銃に吸い寄せられていく。

「班長——」

直子は、SATらしき部隊が横浜公園にいたことを告げた。

「要は、警視庁や公安より先に、俺たちが麻美を見つけることだ」

生方が苦く頰を歪めた。

「はい……」

敵はもはや、殺人犯の麻美とそれを庇う桐山だけではなくなった。動員されている警視庁と神奈川県警の膨大な数の警察官も、同様に敵だ。

翌日、十二月二十五日。午後一時三十分。麻美は桐山とともに、「東方賓館」の階下の中華料理店「楽園飯店《らくえんはんてん》」の裏口から、軒を接した隣の店の勝手口に忍び込んだ。目の前に油のこびりついた厨房《ちゅうぼう》が広がる。厨房の主《あるじ》が黙って奥を指差した。すでに話はついているのだろう。手配したのは、「東方賓館」に初めてきた日、桐山の部屋を教えてくれた薄紫のジャケットの男だ。桐山とは、桐山が現職の警官で、道警本部の暴対にいた頃からの知り合いだという。暴対の刑事の知り合いというのだから、薄紫のジャケットの男は、昔はそのスジの人間だったのだろう。洗い場の脇を通って濡れた通路を進み、鉄扉を開けると、そこはメリケン粉などの袋が積まれた製麺所の倉庫だった。桐山が袋の隙間を奥に抜け、突き当りの扉を押した。途端に、日の光が眩《まぶ》しく射《さ》し、騒音が流れ込んできた。目の前は車両が行き交う大通りだ。すぐに一台の軽トラが寄ってきた。桐山が軽トラの荷台を開け、素早い手ぶりで乗れと指示した。警察の包囲網は、あっけないほど簡単に突破した。

軽トラはゆっくりと国道15号線を北上していく。運転手は陳忠雄《ちんちゅうゆう》という台湾人で品川のホテルに着いたら離脱する。公開手配されている麻美の顔を見られたくないという桐山の配慮だ。段ボールの空箱が積まれた軽トラの荷台の中は薄暗く、かすかなエンジン音が響くだけだ。麻美は両手の指を組み合わせ、眼を閉じた。緊張がいやが上にも高まって、脈が速い。きょう、父は来るのか、来ないのか。

八歳の時にいなくなった父親に、なんの未練もないはずだった。名倉が父の名を口にした時、どうしてすぐさま一蹴しなかったのか、その時は自分の心情がよくわからなかった。だが、今は、はっきりと理由がわかる。それは、親娘《おやこ》の情愛などという生ぬるいものじゃない。むしろ真逆の、突き放した冷徹なものだ。わたしは、知りたいのだ。自分のルーツ、この躰に流れるＤＮＡの正体を。

眼をあけて、正面に座る桐山を見た。昨日、桐山は麻美の同行を渋々のんで、それから、おどけるような口調で訊いた。

「だが、明日もし万一、聡一さんじゃない、名倉殺しの真犯人とやらが現れたらどうするんだ？　自分で捕まえるって、どうやって？　ナイフでも持っていくのか？」

「ナイフは要りません。ＳＯＳはすぐ出せるんです、わたしの場合……」

麻美は自嘲の口ぶりで笑い返した。

麻美の視線を感じたのか、荷台の側壁に背をもたせて瞑目していた桐山が、ゆっくりと目を開けた。

「いよいよだ」

「はい」

張りつめた空気を解きほぐそうと、麻美は話題を探した。

「そう言えば、桐山さんが連れて来てくれた子猫のミー、いまどうしてます？」

桐山がわずかに頬を弛《ゆる》めた。

「ああ、あいつか。どうなったかなあ。函館までは俺が飼ってたんだが、逮捕されちまったんでな。その時、昔の相棒に頼んだ。あれから七年だ。生きているかねえ。生きていれば大ババ猫だ」

「生きてるといいな」

「麻美さん――」

桐山が、急にどこか遠い眼差《まなざ》しになって、思い返すように言った。

「昨日、あんたが言ったように、確かに人間って奴は醜い存在だ。刑事を二十年もやってりゃ、身に沁みてわかる」

麻美はかすかに頷いた。

「しかし、だからといって、血のつながりってやつの痛みが消えるわけじゃあない」

「痛み？」

「そう、痛み。昔の話だがね、俺は結婚していた。子供が生まれた。女の子だったが、半年で病気で死んじまった。別れた女房はもう顔もおぼろげだ。だがな、亡くなった赤ん坊のことだけは、今でも頻繁に思い出す」

「……」

「優子《ゆうこ》っていった。生きていれば、もう三十近い。どんな女になっていたのか、時々想像する。いや、街で小学生の女の子を見れば、あんな時期があったんだろう、高校生を見れば、あんな時期があったんだろうと、勝手に想像が膨らんじまう」

桐山は何かを懐かしむ表情になった。

「思うんだが、娘を思い出す時の、あの疼《うず》くような感覚は、一体何だ？ってね。ほんの半年いただけの子だ。それも、寝顔くらいしか見ちゃいねえ。接した時間はあんなに短いのに、なんでこんなに存在は重いんだ、なんでこんなに痛いんだ、てね」

「……」

「これが血のつながりってやつだと俺は思う。あんたと聡一さんは、八歳までも一緒にいた。聡一さんの頭の中で、八歳のあんたが、いまも跳ね回っているだろうさ。実の娘が忘れられるわけがない。忘れるどころか、年を追うごとに、ますます存在は大きくなる。それが子供だ」

「そうかな？」

「そうだとも」

桐山の語気に力がこもった。「聡一さんは、名倉が殺されたことも、ましてあんたにその嫌疑がかかっていることも知らない。知れば驚くだろう。そして、あんたの救出に全力を尽くすだろう」

麻美は腕時計に目を落とした。針は二時十五分を指している。

やがて軽トラは停止し、すぐに発進して、こんどは低速で勾配を上り始めた。ホテルの駐車場を昇っている。

着いた。品川ワールドビューホテル。約束の場所だ。

軽トラの後部ドアをノックする音がした。運転手の陳だ。「ワタシは帰るよ。車のキー、運転席」アルミの扉を隔ててたどたどしい日本語が聞こえた。ドア錠が外れる音がして、靴音とともに陳が去った。

しばらく無言の時が過ぎ、麻美と桐山が同時に腕時計に目を落とした。午後三時。

「時間だ」

桐山は、「東方賓館」で借りた携帯電話を持ち上げると、品川ワールドビューホテルのフロントを呼び出した。

「ロビーに、久野聡一さんという方がいるはずですが、待ち合わせの場所が変わったと伝えたいので、電話口に呼んでもらえますか？」

「――ええ、そうです。くの・そういち、です」

桐山がしばらく黙った。

「――聡一さんですか。桐山です」

「――駐車場の三階にいます。軽トラです」

「――ええ、一緒です」

「――待ってます」

ごく短い応答だった。桐山は通話を切って、麻美に笑った。

「名倉との賭けは、あんたの敗《ま》けだ。確かに聡一さんだ。間もなくここに来る」

「本当に？」

麻美は目を見開いた。懐疑とも喜びともつかぬ感情がこみ上げ、胸が疼いた。この感覚が、桐山の言う血のつながりというものか。

桐山が深々とフードをかぶって顔を覆い、聡一を迎えるため軽トラを降りた。中空を見回して、駐車場の監視カメラの位置を確かめ、麻美を手招く。車の右横のわずかな空間がカメラの死角だ。麻美も顔を伏せて路面に立った。

十分が経過した。聡一は現れない。

「迷っているのかもしれない。何しろ十九年ぶりの日本だ、浦島太郎みたいなもんだ」

桐山が少し笑った。麻美の胸に、消えかかっていた嫌な煙が再び立ち上がる。

「様子を見てくる」

桐山が足を踏み出した。

「待って」

麻美は遮るように両手を広げた。

「大丈夫だ。すぐ戻る」

桐山は麻美の躰を押しのけて歩き出した。

4

昨晩、直子は眠れなかった。ついにクリスマス当日だ。きょう、麻美たちは行動を起こすのだろうか。香港路を抜け、そこからさらに枝分かれした路地を進んだ。神奈川県警の警官たちと、中華街の旅舎検に臨んでいる。生方は加賀町署での会議に出ていて、きょうは別行動だ。

一昨日からの捜索で、主要なホテルはすでに終わり、小規模な宿泊施設に対象が移っている。

目標のホテルは、一階が二軒の中華料理店で、二階から上がホテルになっている。「東方賓館」という目立たない看板がかかっている。

「ここは日本人は泊めませんがね、念のため」

と地元の警官は言った。

中華料理店の脇の、幅一メートルにも満たない薄暗い階段を昇ると、濃い臙脂色の絨毯が敷き詰められた空間が現れた。すぐに奥から、薄紫のジャケットを着こんだマネージャーが現れた。

「客室を見せてくれ」

「令状は？」

林《りん》と名乗ったマネージャーは薄笑いを浮かべた。一見、慇懃な物腰だがどこか崩れた風情だ。薄紫のジャケットも普通のホテルマンとは思えない。

「固いこと言うなよ」捜査員がぞんざいに言った。

「いまは、全部空き部屋です」

「一応、見せてもらおうか」

「仕方ないですな」

客室は林が言うとおり、どこも空き室だった。クリスマスのこの時期に、このオキュパンシーでやっていけるのかと直子は思った。

「旧正月にはいっぱいになりますよ」

林が直子の不審を察したように笑いかけてきた。

「そうですか……」

　頷いた時、胸ポケットの携帯が鳴った。表示された番号は道警本部のものだ。

「溝口ですが」

〈おお、面白いものが出た〉

　響いてきた大声は、鑑識課の四十代のベテラン課員だった。直子をイジメない、道警では数少ないナイスガイだ。

〈お前さんが先日照合要請した指紋な、白石区の〉

「はい。元自衛官の」

　直子は、柘植に触らせた麻美と名倉の顔写真を、念のため鑑識に回し、指紋の採取と照合を依頼していた。関係者の「紋」は全部押さえろ、というのが生方の方針だ。

〈一致したよ〉

「一致？」

〈ああ、名倉高史の現場から出た、身元不明の潜在指紋、三つ残ったうちの一個が、こいつの指紋だ。きれいに残ってたからな、間違いない〉

　えっ。一瞬、直子の脳は停止した。

　どういうこと……。柘植の指紋が、名倉の部屋にあった……。

　ぼんやりと反芻《はんすう》した直後、眼に閃光《せんこう》が走って桐山茂の顔が浮かんだ。彼の断ち切るような鋭い語気が頭蓋全体に響き渡った。

〈三つの残留紋の中に、たぶん、そいつの指紋がある〉

〈凶器のゴルフクラブは血糊が拭われていた。ホシがてめえの指紋を拭ったからだ。ホシはてめえが触った場所の指紋は拭きとった。だが、知っての通り、潜在指紋は、残る〉

直子は息をのんで立ち尽くした。みるみる肌が青ざめていくのが自分でもわかった。躰を反転させて、廊下の隅に走り寄った。震える指で携帯のボタンを押し、生方を呼び出す。

「班長！」

情況を聞いて、生方は沈黙した。長い沈黙だった。

「班長……」

生方はまだ答えない。電話の向こうから、必死に思考する気配が伝わってくる。この状況をどう見るか、生方の判断次第で捜査が根底から覆る。

直子は自分の胸にも問いかけた。あんたはどう思うんだ？

麻美が名倉を殺した動機が、いまだに解けないこの事件の最大の謎だ。だが、それは初めから解けるはずがない謎だったのではないか？　麻美が犯人でないとすれば……。

あの時、生方は、桐山の言葉を一蹴した。直子自身も麻美の犯行を疑いはしなかった。けれど……。

〈捜査はまず事実を集めることだ。集めた事実からホシを割り出す。前にも言ったが、推測はダメだ。事実だ〉

アジフライを食べながら聞いた生方の言葉が反響する。柘植の指紋が名倉の部屋から出た、これは紛れもない事実ではないのか。

班長は、生方さんはどう判断する？　柘植の指紋も一蹴するのか？

「班長！」

再び呼びかけた直後、押し殺したような生方の声が返ってきた。

「札幌の北署に電話する。藤木と伊藤に柘植を張らせる。おまえは柘植の自宅に電話して在宅を確認しろ。気取られるな、何気ないふうに何か聞け」

「はい！」

直子は通話を切ると、柘植正三の自宅の番号を呼び出した。通話ボタンを押そうとする指が信じられないくらい激しく慄《ふる》えて、喘《あえ》ぐように深呼吸した。胸を押さえて息を整え、ゆっくりとボタンを押した。

呼び出し音が鳴る。再び、胸の拍動が高くなる。

〈はい、柘植です〉年輩の女の声。柘植の夫人だ。

「お忙しいところ恐縮です。わたし、札幌北警察署刑事課の溝口と申します。以前、ご主人様に千歳基地のことでお話を伺いまして」

〈はい〉

警察と聞いて、夫人の声が硬くなる。

「たいしたことではないのですが、ご主人様に、ひとつだけ聞き忘れたことがありまして。申し訳ありませんが電話を――」

〈主人は留守です〉

「いつお戻りに？」

〈さあ、東京に行ったので。明日か、明後日には帰ると思いますが〉

「そうですか、では、また電話させて頂きます」

直子は静かに通話を切った。途端に、手のひらからどっと汗が噴き出した。真っ黒な予感が一気に立ち込め、こめかみが強く脈打った。首都圏には、桐山がいる。麻美もいる。そしてきょう、彼らは行動を起こす。その日に柘植が……。顔から血が引き、喉がカラカラに渇く気がした。携帯を持ち直して生方にかけた。

「柘植のガン首（顔写真）はあるか？」

生方の声が、聞いたこともないくらい強張っている。

「はい。ノートパソコンと、この携帯にも」

直後に、割れるような声が響いた。

「柘植のガン首を警視庁と神奈川県警の情報支援室に送って、顔認証にぶち込んでもらうんだ！」

「はい！」

「麻美関連とは言うな。傷害のマル被とでも言っておけ。伊勢崎課長からも大至急照合するよう要請してもらう」

「はい！」

「そのあと、すぐに加賀町署に来い。猛ダッシュだ！」

「はい！」

直子はとっさに腕時計を見た。針は午後三時十分を指していた。

〈【検出】13時05分　羽田空港到着ロビー〉
〈【検出】13時20分　京浜急行国内線ターミナル駅ホーム〉
直子は加賀町署の一角で、生方とともにノートパソコンを覗き込んでいる。
警視庁の顔認証システムは、道警のものより格段に優れている。柘植正三の顔写真をぶち込むと、ものの五分も経《た》たずに各所の防犯カメラからの検出結果が打ち出され、直子のノートパソコンに送られてきた。羽田到着後の柘植の足取りが克明にわかる。画像では、柘植は、紺色のレインコートにアルミ製の小型のキャリーケースを引いている。
〈【検出】13時45分　京浜急行品川駅ホーム〉
〈【検出】13時55分　品川ワールドビューホテルフロントロビー〉
〈【検出】14時25分　品川ワールドビューホテルフロントロビー〉
〈【検出】14時35分　品川ワールドビューホテルフロントロビー〉
柘植正三は品川ワールドビューホテルのロビーに小一時間もいて、一向に動かない。
生方が眉を寄せた。
「誰かを待ってる……」

〈【検出】 14時40分　品川ワールドビューホテルフロントロビー〉

柘植の前に黒いコートの男が立った。黒いマスクで顔を隠している。

「誰だ、こいつは？」

直子は額を画面にくっつけるように凝視した。一九〇センチに迫るような、周囲から抜け出た長身、どこかで見たことがあるような……。

「こいつの全身をシステムにぶち込め。マスクがあってもこれだけのタッパだ、体型認証で判別できる」

長身の男は柘植の隣の椅子に座り、二人はロビーに居続ける。二人で誰かを待っている……。

〈【検出】 15時01分　品川ワールドビューホテルフロントロビー〉

柘植が立ち上がってフロントに行く。電話で誰かと話している。すぐに柘植が戻り、男と連れ立って出口へと向かう。

「どこかへ行きます……待ち人が来たのかな？」

「この映像はいつ？」

「十八分前です」

「いかん……」

呻くような呟きと同時に、生方がさっと立ち上がり床を蹴って走りだした。もの凄い勢いで奥の刑事課の部屋に駆け込んでいく。

班長……。

十秒もしないうちに、生方が番号札のついた車両のキーを握りしめ、刑事課の部屋から飛び出してきた。

「来い！」

直子は弾《はじ》かれたように後を追う。生方は加賀町署の前庭に停まった覆面パトのドアを開け、「乗れ！」と叫んだ。生方はタイヤを軋《きし》ませて発進した。

「赤ライト！」

「はい！」直子は足下の赤色灯を取り出すと、窓をあけて車両のルーフに張りつけた。同時に生方がサイレンをオンにした。覆面パトのスバル・インプレッサは速度を急激に上げて関内の通りを抜け、横羽線に飛び乗った。

「ホテルまで何分だ？」

生方が怒鳴るように訊く。

「通常なら四十分弱、緊急走行なら三十分くらいかと」

携帯のナビを見ながら直子は答えた。

「二十分だ！」

生方がさらにアクセルを踏み込む。

アシストグリップを握る助手席の直子の手が、滴るほどに汗ばんでいる。班長は、名倉殺しの真犯人を、潜在指紋の男、柘植正三と断定した。そして柘植は上京し、いま、麻美か桐山を殺そうとしている。

「合同本部に知らせなくていいんですか？」

念を押すように直子は訊いた。

「簡単に幕を引かれちゃ、かなわん」

生方が前方をにらんだまま言った。

班長は、麻美の射殺を懸念している。合同本部や警視庁公安部にとって、真犯人などどうでもいいのだ。麻美が持つ〝ダウンロードされたヤバいもの〟さえ手に入れば。緊張が猛烈な力で全身を絞めつけてくる。生方と二人だけで柘植を逮捕する。それ以外に道はない。


麻美は腕時計を見つめた。三時三十分。

遅い……。

桐山が聡一を迎えに出てからすでに二十分になる。駐車場からフロントロビーまでは五分もかからない。胸を覆う不吉の煙が抑えようもなく広がって、どす黒さを強めていく。それともロビーで話し込んでいるのか？

やがて、コンクリートの路面を叩く小さな靴音が聞こえた。耳を澄ますと、靴音は二人だ。桐山さんと父。ホッと安堵の息が漏れた。

次の瞬間、いきなり目の前に白く光る刃が突き出された。麻美は目を剝いた。恐怖で全身が硬直した。声も出ない。足も手も石になったかのように動かない。麻美はゆっくりと眼球を右へ動かした。黒いマスクをかけた長身の男が見下ろしていた。見たこともない男だ。男の目がかすかに笑ったようだった。長身の男の背後から、もう一人の男が現れた。ずんぐりした中背の男。この男も黒いマスクで顔を覆い、右手には鈍く光るサバイバルナイフを握っている。

長身の男が素早く動いて、麻美を後ろから羽交い絞めにした。男は麻美の腕をねじり上げ、結束バンドですばやく両手を縛った。凄い力で突き飛ばされて路面に海老《えび》のようにうつ伏せにされた。手慣れたやり口は、男がそうした筋の人間であることをうかがわせる。

中背の男が近づいてきた。うつ伏せの視界に男の靴先が映った。靴が麻美の頭を踏みつけた。グイグイと額をコンクリートに押しつける。やがて、靴底が上がった。

「立て」

中背の男が低くくぐもった声を出した。後ろ手に縛られたまま立ち上がらされた。

麻美は顔を上げて、必死に中空に監視カメラを探した。

あった。すばやく踏み出してカメラに顔を向けた。すぐに大きな手に頭を摑まれ、黒い袋が被せられた。何も見えない。もう監視カメラには映らない。黒袋の布地を通して、固い金属が頰に押しつけられた。

「騒げば顔がズタズタになる」

さっきと同じ声が耳元でささやいた。喉が詰まって全身が小刻みに震え出す。

引き立てられるように下の階まで歩かされ、ハッチバックが開く音とともに、突き飛ばされて車の荷台に放り込まれた。すぐにドアが閉まった。視界を奪われた暗黒の中で、麻美は呻いた。

どこかに連れ去られる。そこで殺される。

逃亡犯の女が行方を晦《くら》ましても何の不思議もない。死体が出なければ永久に事件にはならない。カラカラに渇いた喉から、ヒューヒューと息だけが漏れた。

きょうのこの場所は、父が教えなければ、あの二人は知りようがなかった。犯人は父だ。わたしは父に殺される。噛みしめた唇に歯先が際限なく食い込んでいく。怒りより、憎悪より、その冷血への恐怖で嘔吐《おうと》するように喉が鳴った。

痛恨が込み上げる。もっと警戒して臨むべきだった。犯人が複数の可能性を、なぜ予期しなかったのだろう。甘かった。本当に父が来るかもしれないという心の迷いが、判断を甘くした。

やがて、頬が歪んで乾いた笑いが迸った。

こんな可笑《おか》しなことってある？　実の父に会いに来て、その父に殺される娘。まるで喜劇だ。十九年前、父は、自ら望んでアメリカに行ったのだ。父には、所詮、下級公務員で終わる未来しかなかった。母も愛してはいなかった。轢殺事件はそんな人生から脱却する、千載一遇のチャンスだった。あの日、八歳のわたしを、父は自分の意思で切り捨てた。そしていま、アメリカで手に入れた暮らしのために、父は再び、わたしを捨てた。

名倉も父が誰かに殺させたのだ。自分が手を下すわけでなく、名倉の動きや、きょうの面会を教えただけでは罪に問われることもない。安全なところから、人殺しを指示した男。ささやかな富裕のために、実の娘を殺させる男。それがわたしの父。それがわたしのＤＮＡ。絶望と嫌悪で、躰が粉砕されるようだった。

いきなり、ハッチバックが開く音がした。冷たい外気がどっと流れ込んだ。どさりと何か重いものが放り込まれた。

　ドアはすぐに閉まった。這い寄って、後ろ手に縛られた指先で触った。服の布地だ。

「桐山さん、桐山さん」

　声をかけたが返事はない。指先が手に触れた。体温はある。けれど意識は失われている。犯人たちは、意識を奪って転がしておいた桐山を、車に運び込んだ。彼らの狙いは、わたしより桐山の口を塞ぐことだ。わたしの口は警察に通報することで封じられても、桐山の口は塞げない。桐山にSDが渡った可能性がある以上、消さねばならない男なのだ。

　運転席のドアが閉まる音がした。まもなくエンジンがかかり、車が動き出す。

「桐山さん、桐山さん」

　呼びかける自分の声が、ひどく遠く聞こえた。


　覆面パトは羽田線を抜け、国道15号線を進んでいる。フロントガラスに品川ワールドビューホテルの建物が見えてきた。直子の膝に広げたノートパソコンには、新しい画像は入ってこない。顔認証システムが柘植を検知していないということだ。たぶん、柘植は顔を隠した。

「二人目の男の体型認証は？」

「ダメです。検出していません。体型認証はまだ精度が――」

「くそ！」

　ホテルの敷地内に入った。品川ワールドビューホテルは広大な庭園を持つ都内屈指の大ホテルだ。

「どこだ！　麻美たちはどこにいる！」

生方がハンドルを叩いた。

その時、生方のPフォンが叫んだ。合同捜査本部の専用フォンだ。

〈合同本部全捜査員、合同本部全捜査員。手配中の久野麻美を警視庁の顔認証システムが検出。繰り返す。久野麻美を警視庁の顔認証システムが検出。場所は東京都港区品川ワールドビューホテル駐車場三階、場所は東京都港区品川ワールドビューホテル駐車場三階。周辺にいる捜査員にあっては――〉

「あっちです！」

直子は「P」の看板を指差した。生方がハンドルを盛大に切ってアクセルを踏み込む。直子のノートパソコンにも、合同本部から麻美の画像が送られてきた。監視カメラを見上げたその顔。明らかに自らカメラに映ろうとしている。これは麻美が発したSOSだと直子は思った。

神奈川県警の車両は警視庁の無線司令を受信しない。だが今ごろ、警視庁の無数のパトカーが猛ダッシュでこのホテルに向かっている。警視庁より先に麻美の身柄を押さえなくては。彼らに身柄を取られたら、麻美はどうなるかわからない。

覆面パトは駐車場に入った。発券機のバーで止まる。

直子が車窓に目を遣ると、駐車場の中から黒塗りのワゴン、ハイエースが出て来て、発券機で停止した。リアガラスにも側面のガラスにも濃い黒色のスモークフィルムを張りつけている。

発券機のバーが上がって、生方が覆面パトを発進させた。スロープを三階に駆け上がる。

直子のノートパソコンの通知音が鳴って、画面がクローズから明るくなった。

あ！　直子は息をのんだ。

〈【検出】15時35分　品川ワールドビューホテル三階駐車場　体型認証〉

体型認証システムがようやく黒コートの長身の男を捕捉した。画面には、駐車場に停めたワゴン車の脇に立つ三人が映っている。真ん中のひとりは黒い袋のようなものを被せられている。

直子の目が画面の中のワゴン車に吸い寄せられた。窓をスモークフィルムで塞いだその車。

「班長！」

直子は切り裂くような声を上げた。「入り口で見た車に麻美が！」

「なに！」

覆面パトは二階にさしかかったところだった。生方が急ハンドルで転回し、出口に向かって駆け下りる。

「いいか、ワゴンを制止したらすぐに麻美にワッパをかけろ。ワッパをかけた警察が麻美の身柄を拘束できる」

「は、はい！」

麻美の身柄はなんとしても道警で確保する。覆面パトはホテルから国道15号線に飛び出した。

前方に高速で走る黒色のワゴンが見える。

その直後、生方のPフォンががなり声を上げた。

〈合同本部捜査員、ただいま入った連絡によれば、久野麻美は黒色のワゴン車に乗車、警視庁が追跡している。繰り返す――〉

「くそ！」

生方は唸《うな》った。警視庁は駐車場の監視カメラを覗き、ワゴン車に気づいたのだろう。

インパネの下の神奈川県警の無線も負けじと大声を上げる。

〈県警各局各移動。久野麻美を乗せたワゴン車は、国道15号線を五反田《ごたんだ》方面に走行中との情報。横浜方面に向かう可能性が高い。県境付近の警戒員にあっては、市内に入り次第、ワゴン車を確保せよ。繰り返す――〉

神奈川県警は、ワゴンを県境で待ち伏せて手柄を取る気だ。

生方らの追跡に気づいた前方のワゴン車が急激に速度を上げる。生方がアクセルを踏み込む。すでに距離は三〇〇メートルほどに詰まっている。背後から複数のサイレンが聞こえ始めた。警視庁のパトが二台、連なって追ってくる。警視庁のパトは、生方車の横浜ナンバーを見るや、追い抜こうと懸命に走行車線を並走する。手柄争いで先を越されまいと警察が警察を追う、お笑い劇場が展開している。

ワゴンは国道1号線に入った。距離はすでに一〇〇メートル近くまで詰まっている。

「道を塞げ！」

生方が叫ぶ間もなく、対向車線に小さく現れた二台のパトが、スピンするように横腹をみせて車線で転回、ワゴン車の行く手を塞いだ。

ドン！　衝撃音とともにワゴンがパトの側面に突っ込んだ。

ワゴンがすぐに唸りを上げて全速でバックする。生方がハンドルをわずかに切って、覆面パトの前部をワゴン車に激突させた。

パトカーから、ヘルメットと防刃チョッキで身を固めた警官たちが、一斉に飛び出してくる。

「直子、急げ！　麻美にワッパをかけろ！　身柄を取るんだ！」

生方が叫びながら車外に飛び出した。直子は後を追い、生方とともにワゴン車のハッチバックを開けた。

中に黒い袋をかぶせられた人間がいる。もう一人、大柄な男が、やはり黒い袋をかぶせられて横たわっている。

直子は車内に飛び込んで、袋を取った。女の顔が現れた。

「久野麻美さんですね？」

直子が確認すると、女はかすかに首を振って頷いた。

「ワッパだ！　ワッパをかけろ！」

生方が叫んだ。

「道警の者です。失礼します」

直子は麻美の手首を持ち上げ、手錠をかけた。手錠は軽い金属音をたてて細い手首を拘束した。直子は、麻美の顔を見つめた。広い額に切れ長の眼、乾いた薄い唇。麻美は能面のように無表情で、安堵も抵抗の色も読み取れなかった。視線を倒れた男に投げているが、瞳は虚ろで、何も見ていないかのようだった。

生方が倒れている男の袋を取った。桐山茂が目を閉じていた。肌の色は蒼白で意識がない。腹部がどす黒く血に染まっているが、脈はある。生方が車外の警官たちに向かって叫んだ。

「救急車！」

直子は麻美の腕を取って庇《かば》うようにワゴンを降りた。生方がすかさず盾のように麻美の前に立った。殺到してきた警官たちがワゴンの後部を取り巻いている。

生方はすばやく麻美の腕を取ると、高々と持ち上げ、誇示するように手錠を見せた。そして大声で宣言した。

「道警捜一の生方です！　十五時五十分、久野麻美を逮捕。マル被の身柄は、北海道警が確保する！」

ワゴンの運転席から、柘植正三が引きずり出されるのが見えた。

「車へ！」

直子は麻美を覆面パトの後部座席に押し込んで、自分も横に乗った。

「頭を低く下げてください」

と、麻美に言った。狙撃を警戒する。麻美は言われた通り背中を丸めた。

生方が乗り込み、車をバックさせると、すぐさま転回して現場を離れた。覆面パトはサイレンを吹鳴させ猛スピードで首都高を南下した。まるで追っ手から逃れるように。

直子は、隣に座る麻美の手首を見つめた。鈍く光る黒色の手錠。

麻美が逃亡した日、競馬場を捜索する最中に、生方と交わした会話が脳裏をよぎった。

〈いいか、悔しかったら一刻も早く麻美にワッパをかけろ。俺たちにはそれしかないんだ〉

あれから三か月。生方と二人で過ごした苦しい日々が瞼《まぶた》の裏を流れていく。

殺人犯として追った女は、確かにいま隣にいる。ただし、被疑者としてではなく、保護すべき被害者として。急に鼻の奥がツンと熱くなって目の前が不覚にも滲《にじ》んだ。

「直子――」

生方の声がした。

「はい」

生方が、前方をにらんだまま言った。

「ワッパを……外せ」

「はい」

直子は、麻美の手首を持ち上げ、手錠に鍵を差し込んだ。鉄輪は軽い音をたてて外れた。

「久野さん――」生方の硬い声が響いた。静かに呼吸を整える気配がした。

「運転しているので前を向いたままで失礼します。明日にも柘植正三を名倉高史さん殺害の容疑で逮捕します。私はあなたに謝罪します。これまでは本当に申し訳ありませんでした」

直子は目を閉じた。黒く落ちた視界の中を生方の声が流れていく。

「警察は、一度断定した被疑者を見直そうとはしません。そして我々捜査員は、捜査本部が決め打ちした被疑者を犯人と信じ込もうとする。こいつがホシだという確信が追い詰める執念を支えると信じて——」生方はそこで言葉をとぎらせ、わずかの間の後に、再び続けた。

「しかし、捜査は往々にして間違いを犯す。あなたが逃走した後、私は捜査を一からやり直そうと思いました。けれども、その中に、あなた以外の人物が犯人だったらという視点はありませんでした。もしその想定の下で捜査をやり直していたら、柘植正三はもっと早く浮かんだかもしれません。私もまた、決め打ちであなたを追った愚かな警察の一員です」

生方の痛恨を表すように、語尾がかすかに慄えて聞こえた。

直子は目を開けて、麻美を見た。麻美の顔からはなんの表情も読み取れず、生命のないガラスのような瞳が茫漠《ぼうばく》と開いているだけだった。直子は、躰を斜めに麻美に向けると、両手の指を膝の上で揃えて深々と頭を下げた。

「申し訳ありませんでした」

数秒後、麻美の唇がわずかに開いて、聞き取れないほどの小さな声が漏れた。

「わかりました」

直子は手錠を畳んで腰のサックに戻した。追跡の旅が終わったと思った。

麻美は再び押し黙った。その顔に解放の喜びは一切なく、肌の色はあたかも死人のように青ざめて、絶望だけが貼りついているように見えた。

第六章 供述

桐山茂は最寄りの総合病院に搬送され、一命を取り留めた。生方と直子は、麻美と桐山の回復を待って事情聴取を始めた。二人の口から、轢殺《れきさつ》事件の真相が明らかになった。

十九年前の二〇〇四年六月二十七日、北海道夕張郡栗山町の道道30号線上で、名倉の叔母、太田明日美と二歳の息子、健太を撥《は》ね、その後、明日美を轢殺した犯人は、大物政治家でも警察官僚でもなかった。

ライアン・ウォーカー・スミス。米空軍の中佐だった。

【桐山茂の供述 ①】

ライアン・スミス（当時四十三歳）は、ミサイル設備の専門家で、ノースダコタ州にあるマイノット空軍基地に勤務する技術将校でした。スミスは一か月の日程で日本に出張し、在日米軍の将校らとともに三沢基地と千歳基地を訪れていました。事件は彼がアメリカに帰国する二日前に起きました。

被疑者が米軍人とわかって、捜査は格段に厄介になりました。これには日米地位協定が絡む。アメリカの軍人は日本では特別な存在なのです。地位協定は、米軍が日本に駐留できるよう、①基地の使用、②米軍の演習や行動範囲、③経費負担、などについて取り決めたものです。その中に、米軍人の犯罪についての条項もあります。

アメリカの軍人が日本で罪を犯しても、公務中だった場合は、日本に裁判権はありません。日本の警察が逮捕することはできない。裁判はアメリカがアメリカの法廷で行います。

スミスのケースも、米軍が公務中の事故と主張した場合、こっちは逮捕できなくなる。私は滝川とともに、すぐさまチェロキーに同乗していた柘植正三と久野聡一を尋問しました。公務でない裏付けを取ろうとした。

千歳基地の柘植はスミスの接遇担当者、道庁観光局の久野は、千歳基地の要請でスミスの案内をするために派遣されていました。わざわざ観光局にガイドを頼むほど、自衛隊にとって米軍中佐のスミスは大事なお客さんだったということです。

柘植は供述を拒んだが、久野は応じました。久野によれば、その日、スミスは休暇を取っていた。久野の案内で札幌市内を回り、三笠《みかさ》にある鉄道博物館を見学、定山渓《じょうざんけい》温泉に宿泊する予定だったということです。スミスが深大寺敬一からわざわざチェロキーを借りたのは、スミスが日本車が嫌いだったからでした。シートがフニャフニャで風切り音が酷い、などと言っていた。スミスと深大寺は深大寺が米国に留学していた時の知り合いでした。

ハンドルは終始、スミスが握っていた。柘植が助手席に、久野が後部座席にいたそうです。スミスは缶ビールを呷《あお》りながら、広々としたアメリカの道路をかっ飛ばすように、猛スピードを出した。そして事件が起きた。

捜査本部の縮小を告げられたのは、久野を聴取した二日後でした。「事件については、警察庁の外事課が関係部署と協議している」と刑事部長に言われました。私は「公務性」を否定する捜査結果をまとめて、捜一課長に提出しました。
・スミス自身が休暇中と言っていたこと
・アロハシャツのような私服姿であったこと
・プライベートな友人から私有車を借りていること
そして決定的なのが、スミスが運転中ビールを飲んでいた、という久野聡一の証言でした。ご承知の通り、以前、沖縄で米軍将兵による交通事故が頻発しました。アメリカはそのほとんどを「公務中」と言い張った。さすがに日本も交渉して、いまは一応の線引きとして、飲酒運転していた場合は公務中と認めないということで合意しています。久野の証言は、「公務中」という言い逃れを突き崩す決め手になるものでした。

しかし、後に知らされた警察庁の結論に、私は愕然《がくぜん》としました。

〈本事案に関する、米軍中佐、ライアン・スミスに対する嫌疑は存在しない〉

アメリカで裁判するということですらない、事件をまるごと闇に葬るというのです。

私は、諦めきれなかった。久野聡一が公衆の面前で証言すれば、世論は沸騰する。久野の自宅を何度も訪ね、説得を繰り返しました。久野は激しく動揺し、「東京から検事が来た」と言いました。

「事件はどうにでもなる。お前が運転していたことにすることも可能だ。スミスと柘植が証言すればそうなる」

検事はそう脅したそうです。その時は、なぜ東京から検事が来るのか、わかりませんでした。「私には家族がいるんです、殺人犯になるわけにはいかない」。久野は、泣きながらそう言いました。そして、突然、失踪した。私が、捜査一課から留萌《るもい》署刑事課への転勤を命じられたのは、半年後です。

【久野麻美の供述】

わたしが名倉さんのパソコンからダウンロードしたのは、ある会議の録音データです。生前、名倉さんが「秘密兵器」と呼んでいたものです。

初めて聴いたのは、今年の夏でした。名倉さんがパソコンのキーを叩くと、ブラックの画面から音声だけが流れてきました。甲高い、男の英語。いくぶん高圧的な感じで、その後、複数の男の声が途切れ途切れに入り混じりました。時々、日本語も聞こえました。

「中身を書き起こしたのがこれです」名倉さんはそう言ってA４の紙束を、わたしの前に置きました。表紙には、U.S. Department of State と印字されていました。2004.08.05 という日付。中央に、Arthur Miller というサインも。U.S. Department of State はアメリカ国務省、Arthur Miller（アーサー・ミラー）は国務省の法務官で録音した人物です。

「この録音は、在日米軍と日本の官僚たちがスミス事件の対応を話し合った、『日米合同委員会』という組織の会議です。ここには、スミス事件を闇に葬るプロセスが詳細に記録されている」名倉さんはそう言いました。

「日米合同委員会？」

「この録音でスミスの犯罪は立証できます。しかし不十分だ。犯人を監獄にぶち込むには、当時、捜査に当たった桐山茂の証言、そして、同乗していた久野聡一氏の証言が欠かせない」

「どうして？」

「米軍が頑として公務中の事故と言い張れば、スミスはアメリカで裁かれてしまう」

「事故って、あれは事故じゃなくて轢殺でしょ？」

「事故か轢殺かの認定も含めて、アメリカの法廷が裁くことになる」

「そんな……」

「そうなれば判決は罰金か、せいぜい執行猶予のついた禁錮刑です」

「……」

「私の目的は、スミスを日本の法廷で裁き、日本の監獄にぶち込むことだ。それには公務中というアメリカの言い逃れを潰す証言が要る。スミスがプライベートでドライブを楽しんでいたという証言、スミスがビールを飲みながら運転していたという証言。それができるのは、久野聡一、あなたのお父さんだけなんです」

名倉さんは訪米し父を説得しましたが、父は拒否し続けたそうです。自分が轢殺犯に仕立て上げられるという十九年前の恐怖がいまも彼を縛っていました。名倉さんによれば、轢殺事件の後、米軍は父が動揺する様子を知り、証言することを恐れたということです。父は、東京から来た検事と米軍の関係者に半ば脅されるように、横田基地から出国しました。

でも、わたしは、真相は、父は自ら望んでアメリカに行ったのだと思います。父には、下級公務員で終わる未来しかなかった。彼にとってスミス事件は不遇な人生から脱却するチャンスでした。アメリカでの成功も、きっと、米軍の支援によるところが大きかったのだと思います。ビザの取得も米軍の支援があれば容易です。もし轢殺事件の真相が明るみに出れば、アメリカにいられなくなるかもしれません。父は名倉さんの計画を受け入れたふりをしました。けれど、その裏で阻もうとし、そして再び、わたしを捨てた。

【桐山茂の供述　②】

名倉高史が初めて私の前に現れたのは、轢殺事件の十二年後、私が函館署の暴対課にいた時です。

「もう一度、あのヤマをやりませんか」

名倉は、スミスは米軍を大佐で退役し、故郷のヒューストンで保険会社の重役におさまっていると話しました。名倉は轢殺事件について私が知らなかった事実を、次々と明らかにしました。

なぜ、ライアン・スミスは、事故を通報せず、虫の息の被害者を轢《ひ》き殺したのか。

事件の二年前、二〇〇二年六月十三日、韓国で女子中学生二人が、在韓米軍の装甲車に轢かれて死亡する事件が起きました。重量五四トンの装甲車が、街路を歩行中の女子中学生に後方から襲いかかり、頭蓋を圧《お》し潰した。韓国で大規模な抗議集会が開かれましたが、米軍は軍事法廷で運転兵士二名に無罪を言い渡します。世論は沸騰し、反米運動は韓国全土に広がりました。アメリカはその年の末、ついに当時のブッシュ大統領が謝罪する事態に追い込まれました。名倉は、この事件がスミスの行動の原因になった、と言いました。スミスは自分の事故で、日本の世論が韓国のように沸騰することを恐れた。それが被害者の口を封じた動機だと。

私が十九年前の捜査の中で聴いた久野聡一の証言からは、事故直後のスミスの錯乱ぶりが浮かび上がります。チェロキーを降りたスミスは血走った眼で周囲を見回し、空中高く撥ね上げられた子供を探したということです。だが見当たらない。地表に叩きつけられたであろう子供が落命していることは確実でした。スミスは道にしゃがみ込むと髪を掻きむしり唸り声を上げました。痛恨の感情の次に彼の脳裏を支配したのは、将校である自分が日本人の幼子を殺したとなれば、韓国の二の舞になるという恐怖だったのでしょう。万一、母親である明日美が命を取り留め騒ぎ出したらどうなるか——。スミスは呆然とする聡一と柘植を道路に残し、突然チェロキーに乗り込むと急発進させ、虫の息の太田明日美の躰の上にタイヤを乗り上げました。錯乱したスミスは冷静な思考を失っていたのでしょう。

「問題なのは——」

名倉は眼鏡の縁を持ち上げて私を見すえました。「このスミスの怯懦《きょうだ》を、当時の在日米軍も共有したことです。日本で反米運動に火がつき、再び大統領が陳謝するような事態を招いてはならないと」

アメリカはスミス事件の対応を、日米合同委員会の分科委員会の場で協議すると主張しました。日米合同委員会は、在日米軍の運用に関する様々な問題を話し合う実務者会議です。出席者は、アメリカ側はほぼ全員が米軍の将校で、外交官はアメリカ大使館の参事官がひとり、そして希《まれ》に国務省の法務官が同席するだけです。日本側は外務官僚と法務官僚を中心に各省のエリート官僚たちが顔をそろえています。法務官僚は検事です。法務省の主要ポストは、「赤レンガ組」と呼ばれる検事たちが独占していますから。

名倉は、憤然と言い切りました。

「日米合同委員会が、単なる実務者会議というのはウソです。日米間の防衛マターの大半を決めてしまう事実上の政策決定機関です。密室で、表に出ない密約を、彼らはいくつも結んできた。ほとんどアメリカの言いなりにです」

「……」

「例えば、横田空域という日本の飛行機が飛べず、アメリカが管理する巨大な空域が首都圏の上空にある。これを決めたのも日米合同委員会です。あの空域を定める法律は一切ない。なのに堂々と存在している」

語調の強さに気圧《りお》された私に気づいて、名倉は表情を和らげました。

「彼らが結んだ密約はそれ以外にも無数にあります。米軍が日本のどこにでも基地を置ける基地密約、米兵の起訴を甘くするといった運用上の密約もある。現に、米兵の起訴率は一五％以下で日本人の半分以下です。政府も、国会も、司法さえもすっ飛ばせる、超法規的な存在。それが在日米軍で、日米合同委員会はその手先です」

スミスが起こした轢殺事件は、二〇〇四年の八月五日、日米合同委員会の特別分科会にかけられました。アーサー・ミラーという国務省の法務官の録音には、米軍がスミス事件を闇に葬るよう要求し、日本側が了承するやりとりがすべて記録されています。私は、どうしてそんなものが名倉の手にあるのかと訊《き》きました。名倉は、急に神妙な面持ちになって、アーサー・ミラーが、昨年、癌《がん》で死去したと告げ、その上で答えました。

「日米合同委員会は、アメリカにとって大変都合のいいものですが、実はアメリカ国内にもこれを快く思っていない連中がいる。委員会のアメリカ側のメンバーはほぼ全員が軍人です。つまり、安全保障という日米間の大問題が、軍人の判断で決まってしまう。おまけに合意事項は、日米双方の合意がない限り公表されない」

「快く思っていないのは、蚊帳の外に置かれたアメリカの外交官たちか」

「その通りです。ライスという黒人女性の国務長官がいましたが、彼女は公然と不満を口にしています。日米合同委員会は、アメリカ国務省にとって獅子身中《しししんちゅう》の虫なのです」

アーサー・ミラーが名倉に録音データを渡したのは、米軍の発言力を削ごうとする、アメリカ政府内の主導権争いだったというわけです。

私は、録音の信憑性《しんぴょうせい》についても質《ただ》しました。録音が本物である証明です。

「声紋鑑定したってダメだぞ。声紋は一〇〇％の証拠にならねえ」

「捜査の〝決め球〟、覚えてますよね？」

名倉は録音の一部を再生しました。「a hundred and twenty dollars」という言葉に私ははっとしました。

「この金額は正確ですか？」

名倉はニヤリと笑いました。私は頷《うなず》きました。それは、スミスがチェロキーを借りる際に、深大寺敬一に謝礼として払った金額でした。

「この金額は、報道発表されていない。久野も柘植も知らない。スミスと深大寺だけが知っている、いわゆる秘密の暴露じゃないんですか？」

その通りだったのです。敢えて発表せず、被疑者に自供させ、「犯人しか知り得ない秘密」として証拠にする〝決め球〟の情報でした。金額が正確に話されているということは、米軍がスミス本人から聴取したとしか考えられません。私は録音の信憑性を確信しました。名倉は他にも、会議での会話や米軍出席者の当日の行動を調べ上げ、真実性を裏づけていました。

名倉がつくってくれた録音の翻訳も読みました。その日の会議には、日本側から外務省北米第二課長、国際法局国際法課長、法務省刑事局総務課長らが出席していました。

居丈高にもみ消しを迫る米軍将校に、彼らは反論もせず同意していました。腹の底から怒りが沸き上がってきた。私は札幌に出向き、道警本部の旧知の捜一課長に議事録を見せました。そして頼んだ。捜査を再開してほしいと。しかし、その二週間後、私は突然、覚せい剤等取締法違反と銃刀法違反で逮捕されました。私は戦慄しました。この国を操る米軍と、その手先である日米合同委員会の力の凄まじさに。

「日米合同委員会」。それが、スミス事件を葬った組織の正体だった。生方も直子もそんな存在は知らなかった。が、調べてみると、ネットには数々の情報が載っていて、それについての書物もあった。

〈地位協定にもとづいて、在日米軍の運用を協議する実務者会議。米軍の将校らと、日本の中央省庁の官僚が出席する。双方の幹部からなる合同委員会の下に、二十五〜四十の分科会、専門委員会が置かれ、毎月二回開かれている〉

大方の説明にはそうある。だが、桐山の供述から浮かび上がった実態は、アメリカの意のままに日本の法律を捻《ね》じ曲げる、米軍の下請け組織のようだった。

「見せかけの対等、実態としての隷属」。日米関係について、名倉高史は桐山にそう説明している。日米合同委員会はそれを実行する組織なのだと。それが日本の姿なのだと。

麻美らの供述の裏付けを取るため、事実関係を調べていた直子が顔をしかめた。

「日米合同委員会のメンバーになるのは官僚のエリートコースで、関わった官僚たちはそのあと確実に偉くなるそうです」

だろうな、と生方は思った。

「すごいですよ。スミス事件の協議に参加した、当時の外務省の北米第一課長は松沢豊《まつざわゆたか》、いまの駐米大使です。国際法課長の大木幸雄《おおきゆきお》はいまの外務事務次官。そして、法務省の刑事局総務課長は合田貫太郎《ごうだかんたろう》、いまの検事総長です」

生方は、はっと目を上げて直子を見た。いきなり雷に打たれたような衝撃が、全身を貫いた。

「もう一度、言ってくれ」

「え？」直子がきょとんとした顔を向けた。「ああ、はい。スミス事件の協議に参加した、当時の外務省の北米第二課長は松沢豊、いまの駐米大使です。国際法課長の——」


道警と警視庁による柘植正三の取り調べも終了した。柘植は、名倉高史殺害について次のように自供した。

〈今年の夏、名倉とばったり会い、十一月に桐山茂が出所することを知った。名倉は、「決定的な証拠を手に入れた。桐山が出所した後、二人で轢殺事件の真相を公表する」と言い放った。私は愕然とした。米軍将校だったスミスを守る壁は厚い。事件が明るみに出た場合、アメリカも日本政府もスミスを庇《かば》う。しかしその時、人身御供《ひとみごくう》にされるのは間違いなく自分だ。

「スミスも久野も口裏を合わせ、あんたに罪を被せるだろう」

十九年前、東京から来た検事に言われた台詞が、来る日も来る日も、一日中、頭の中で割れるように反響した。殺人に時効はない。私は、再三名倉と会い、多額の金銭を提示するなどして告発をやめるよう懇願した。だがにべもなく拒否された。事件当日、殺害を決意して名倉のマンションに行き、雑談で油断させ、玄関脇に置いてあったゴルフクラブで背後から襲撃した〉

柘植は、轢殺事件当日、チェロキーを運転していたのがスミスであること、スミス自身が休暇中と言っていたこと、運転中、彼が缶ビールを飲んでいたことなども認めた。

残った大きな問題は、麻美と桐山を襲った共犯の男だ。柘植は、男はワゴンに乗らず、後に山梨県の山中で落ち合う手はずだったと自供した。しかし、その後の捜査では都内の監視カメラに男の姿を確認することはできなかった。

男の素性については、十二月の初め頃、米軍の軍属を名乗る男が自宅を訪れ、麻美が轢殺事件の証拠を持って逃走していること、彼女がクリスマスに品川に現れること、元刑事の桐山が名倉殺しの証拠を摑んでいることなどを話し、二人の殺害を持ちかけてきたと供述した。だが、米軍には男のデータはなかった。捜査一課長の伊勢崎によれば、合同捜査本部と警視庁公安部は、スミス事件と日米合同委員会の関連をつまびらかにしたくない日本かアメリカの関係者が、私兵を雇って一連の犯行を実行した可能性が高いという内容の報告書を作成したが、それが外部に明らかにされることはなかった。

米軍属を名乗った一九〇センチの長身の男。いったい誰に雇われて動いていたのか。男への捜査は見せかけだけの形式的なものに終わるだろう。真相は永遠に閉ざされる。

合同捜査本部は、カリフォルニア州サンノゼの久野聡一の自宅にも捜査員を派遣した。聡一は十二月の上旬から姿を消しており、内縁の妻から捜索願が出されていた。久野聡一がどこに逃げたのか、いまだ不明だ。果たして、聡一と長身の男はグルだったのか、違うのか？　聡一の行方不明に男は関与しているのか、いないのか？　聡一と麻美たちの品川のホテルでの密会は、聡一が自ら男に伝えたのか、それとも何らかの方法で吐かされたのか？　それらも謎のままだ。

札幌地検は、柘植正三を、名倉高史の殺害及び、桐山茂、久野麻美への殺人未遂、拉致監禁未遂などの容疑で起訴した。しかし、轢殺事件については、スミスの飲酒や犯行を認めた柘植正三の供述があるにもかかわらず、嫌疑不十分として、スミスの起訴を見送った。

終章

群青の海原の向こう、薄くかかった霞《かすみ》の彼方《かなた》に、白い陶器の欠片《かけら》のように対岸の島が見える。樺太《からふと》だ。

日本列島の最北端、宗谷岬《そうやみさき》。ここから樺太までは直線で四〇数キロしかない。

北辺の地に春が訪れるのはまだ先だが、今年は比較的暖かい。晴天のこんな日には鹿が山から下りてくる。鹿の奴らは列を組んでしばらく道路を行進し、その後、突端にある「宗谷岬公園」の敷地内でたむろする。鹿どもを追っ払うのがこの時期の駐在の最も厄介な仕事で、生方は今朝から一人、大声を上げて奮闘している。

道警本部捜査一課から、稚内警察署・宗谷岬東駐在所に異動になって二か月になる。

名倉事件の処理に目途がついた一月の下旬、生方は、道警本部長に呼ばれた。佐伯英護は年明けに勇退していた。突然の退職は、名倉事件の処理が警察庁のお気に召さなかったからだろう。麻美にすべてを被せて蓋をしたかった、それが上層部の本音なのだ。

新任の本部長は、柔らかな声音で、麻美がダウンロードしたＳＤが見つからない、心当たりはないかと尋ねた。

「わかりません。麻美と桐山を救出した際に所持品は調べましたが、両名とも所持しておりませんでした」

生方はそう答えた。転勤の辞令を受けたのは、その一週間後だ。辞令は握りつぶしてゴミ箱に放り込んだ。

ようやく鹿たちを山の方へと追っ払い、公園に戻ると、生方は突端の柵の前に立ち、青い波間に目を向けた。冷たい風が頬を切る。

手で革のコートの胸ポケットを押さえた。昨夜読んだ久野麻美からの手紙が入っている。手紙によれば、あの後、麻美はカリフォルニア州の聡一の自宅を訪ねたという。

久野聡一の消息はいまだに不明だ。聡一が自らの意思で行方をくらましたのか、何者かに拉致されたのか、それもわからない。だが、聡一が喋らなければ、何者もあの日の麻美たちとの面会の日時と場所は知りようがなかった。それは、麻美にとって残酷過ぎる事実だ。

〈サンノゼはきれいな街でした。緑に囲まれた〉

と、麻美は記している。〈父の自宅もきれいでした。庭には白薔薇《しろばら》が咲き乱れ、白壁の瀟洒《しょうしゃ》な邸宅でした〉

手紙によれば、麻美は聡一の内縁のアメリカ人妻と会った。麻美が名乗ると、妻はひどく驚いた様子で、「あなたがアサミなのか！」と声を上げた。聡一が彼女に、日本に残した娘について語ることはなかった。しかし、聡一が行方知れずになった後、所持品を整理していた妻は、書棚の奥から、何枚もの幼い女の子の写真を見つけた。

一月の初め、聡一の車がサンノゼ郊外の山間部に乗り捨てられているのが発見された。アメリカは広大な原野を持つ。どこかに埋められたら死体は永久に出て来ない。もっとも、地元の警察はこれを偽装と見ているという。

最後に、妻は付け加えた。ひとつ、奇妙なことがある。聡一のクレジットカードに五〇〇〇ドル近い出費があった。支払先はロサンゼルスの「ブルガリ」の専門店で、購入したのはシルバーホワイトの女性ものの腕時計だった。警察が確認すると、行方不明になる直前の十二月初め、聡一がひとりで来店したことが確認された。店員は、聡一が若い女性向きの品を探していたのを覚えていた。そのため当初警察は、聡一が「若い女性」と出奔したのではないかと疑ったが、後の調べでその可能性は否定された。不思議なのは、遺留品の中にその時計が見つからないことだ。夫は、いったい、どこにしまったのか……と、妻は首をかしげた。

〈わたしは、そこで答えが出たと思いました〉

と、麻美は綴《つづ》っている。

〈わたしは、名倉さんの葬儀の日、遺影にむかって呟きました。あなたが間違っているのか、それともわたしが違うのか、答えを出すと。やはり、名倉さんが正解だったようです。たぶん、父はあの日、本当に帰国する意思だった〉

生方はそこで束《つか》の間《ま》、目を伏せた。心底、よかったと思った。このことが、せめてもの救いだ。

〈でも、いまは――〉と、麻美の手紙は続いている。〈わたしは、どちらが正解でもよかったような気がします。すべての親が子供に愛情をもっているわけではありません。親の愛情に包まれて育つ子もいるし、酷い親をもって苦しむ子供もたくさんいる。いい親でも悪い親でも、子供は生きていく。ただ、わたしはどうしても確かめたかった。自分の父がどういう人物だったのか〉

生方は、手紙から目を上げた。

麻美が逃亡に踏み切った理由は、このままでは冤罪《えんざい》を被せられるという恐怖、父親に会いたいという心情、とされる。麻美が父を求めた理由は、手紙にあるように、俗にいう親子の情のような単純なものではなかっただろう。麻美にとって聡一は、ある意味、憎しみの対象でもあったはずだ。それでも、麻美は心底で父とのつながりを確かめようとした。自分に流れる血の正体を見極めるためにも。

生方は手紙を畳むと、深呼吸するように大きく息を吐き出した。

長く丁寧に綴られた手紙。だが、ここには肝心なことが敢えて記されていないと思う。麻美の逃亡の目的は、本当にそれだけだったのか……。

視界の中に、麻美と名倉の顔が交互に浮かぶ。

名倉高史についても、それは言える。

「スミスを日本の法廷で裁き、日本の監獄にぶち込むこと」

名倉は計画の目的をそう語っていた。だが、本当にそうか？　名倉の目的は、叔母を奪ったスミスへの復讐《ふくしゅう》だけだったのか？

いや……、生方は小さく首を振る。

遠く霞《かす》む樺太の島影にダブって、蜃気楼《しんきろう》のように都会のビル群が出現した。

直子からスミス事件に関わった官僚たちの名前を聞いたあと、生方は、一人、文庫署を出て東京に向かった。抑えようのない憤怒《ふんぬ》を叩きつけるために。

あの日、日比谷公園は、冬の午後の柔らかな陽射《ひざ》しに包まれていた。葉を落とした高い木立の隙間から冷たい風が降りてきた。道路から伝わってくるかすかな車の響きが、かえって深く静寂を感じさせた。公園の向こうは霞が関の官庁街で、道路を隔てた正面に、がっしりとした薄茶色のビルが見えた。名称は、中央合同庁舎六号館A棟。法務省と検察が入居し、法務・検察合同庁舎の別名がある。

奴はどこにいる。生方はビルの窓をにらみつけた。噛みしめた奥歯が耳の中でぎしりと鳴った。視線をビルの下層階から上層階へと這うように上げていく。東京地検、法務省、東京高検、そして最高検察庁。視線を最上階の辺りで止めた。その男は広大な執務室からきょうも下界を見下ろしている。

〈法務省の刑事局総務課長は合田貫太郎、いまの検事総長です〉

直子の声が頭蓋の中で響く。あの瞬間、雷に打たれたような衝撃が全身を貫いた。同時に胸にわだかまっていたモヤモヤが、陽に溶けるように霧消した。初めて、十九年前の轢殺の隠蔽に始まる、この一連の事件の黒幕が見えた。

合田貫太郎。スミス事件を闇に葬った日米会議に出席した当時の法務省の課長で、現在の検事総長。

合田は、刑事局総務課長の後、最高検刑事部長、法務省刑事局長、事務次官……まっすぐに出世の階段を昇っている。彼なら、警察庁のトップクラスを動かして、麻美逮捕の大捜査網を敷かせることができた。十九年前、警察の捜査を潰すことができた。検事を派遣して、久野聡一を恫喝《どうかつ》することもできた。桐山の再捜査の願いを封じ、逮捕させることもできた。刑務所は法務省の管轄だから、桐山を凶悪犯が入るＬＢの岐阜刑務所に閉じ込めることもできた。すべての出来事が一本の線でつながった。

合田の出世の陰には、轢殺事件をつつがなく処理したことへの論功があるのかもしれない。米軍の意向が日本の官僚人事まで左右するとしたら……。粘つくような嫌悪で唇が歪《ゆが》む。

名倉の殺害現場から押収されたパソコンに、日米合同委員会絡みのデータがあると警察庁から通報され、さらにそれが、スミス事件を協議した録音であると知った時の合田の驚愕《きょうがく》は、察するに余りある。轢殺事件の隠蔽が明るみに出て、その実行者が現職の検事総長であることが暴露されれば、検察の威信は木っ端微塵《みじん》に吹き飛ぶ。なにより自分は破滅する。合田は震撼《しんかん》しただろう。そして警察庁にデータをダウンロードした麻美の早期逮捕を促した。ところが、予想外のことが起きる。麻美がデータを持って逃走したのだ。彼は激怒し、必死になったに違いない。

強い陽射しがビルの窓ガラスに反射して、生方は眩《まぶ》しさに目を細めた。つまり俺たち現場は、偽りの狩りに駆り立てられた。そのことへの怒りが頭蓋の中で渦を巻く。同時に、行く当てのない無念が肺腑《はいふ》いっぱいに充満する。

警察も検察も、条件が整えば大物政治家も高級官僚も警察庁長官でさえ逮捕できる。しかし、検事総長を逮捕できる人間はいない。この国にそのシステムは存在しない。絶対逮捕できない男、それが検事総長だ。

名倉の真の標的は、スミスではなく、検事総長の合田貫太郎だっただろう。

おそらく、名倉はジャーナリストとしての野心を強烈に秘めていた。社会を根底からひっくり返す大スクープをものにするという野心を。記者生活の大半を、切った張ったが乏しい技術記者として過ごしただけに、抑制された欲望は彼の内部で一層はげしく膨らんでいたのかもしれない。だからスミス事件にのめり込んだ。

名倉は、この国の法が及ばない二つのタブーに切り込もうとした。一つは在日米軍。もう一つは検事総長。そして、名倉から話を聞いた麻美は、すべての黒幕が合田であることを、当然、知っていただろう。追い詰めるべきターゲットが誰であるかを。

名倉高史のマンションで彼の死体を見た時、麻美は悲しみ、そしてその執念を引き受けた。絶対捕まらない男を追いかけるという執念を。

逃げる麻美を、自分と直子は必死に追った。だが……。

生方は、いま身に沁みて思う。実は、そうじゃなかったのだと。彼女は逃げていたのではない、追っていたのだ。俺たちが追いかけていたんじゃない。麻美が、絶対捕まらない男を追いかけていたのだと。

青空に溶け込むように、霞が関の蜃気楼が姿を消して、眼前に再び、最果ての海が広がった。

直子が生方からの手紙を受け取ったのはその数日後だ。

先月、直子は警察を辞めた。いまは実家の小料理屋を手伝っている。「溝口だけは守ってくれ」という生方の〝遺言〟で、一課長の伊勢崎や西南署長の長井が動いてくれたが、直子は自分から辞めた。生方だけを犠牲にする気は初めからなかった。

生方の手紙には久野麻美の手紙が同封されていた。宛名が「生方吾郎様、溝口直子様」となっていたので、気を遣ってくれたのだろう。

店を閉めた深夜、生方の手紙をゆっくり読んだ。

〈俺たちが追いかけていたんじゃない。麻美が、絶対捕まらない男を追いかけていたのだ〉

この言葉に、軽い眩《くら》めきを覚えた。逃亡と追跡が逆転し、あの捜査の真の姿が現れた。

冤罪からの逃避、父親との再会、それらは確かに麻美の動機だった。けれど、それ以上に、合田を追う執念があの命がけの逃亡を支えた、生方はそう言っているのだ。

脳裏に、名倉の葬儀の日、まるで何かに立ち向かうかのように、背筋を伸ばして焼香に向かう麻美の姿がよぎった。そうかもしれない……。手紙を持つ指先に力がこもった。あれは確かに意志の姿だった。重い目的を秘めた強い意志の……。

麻美が持っていたSDカードは、いま、名倉のかつての同僚だった中央新聞の記者の手元にある。すでにアメリカの三大ネットワークの一つにコピーが渡り、近々、録音が暴露されるという。桐山や麻美の証言、柘植の供述内容も放映される。背後に国務省がいるので、アメリカでは大きなニュースになるということだ。録音は合田の関与をはっきりと証明するはずだ。

名倉と麻美の執念は、実を結びつつある。しかし、ジャーナリズムが脆弱《ぜいじゃく》なこの国で、追及の矛先が検事総長の合田まで伸びるかどうかは、わからない。麻美はいま、その行方をじっと見守っているにちがいない。

同封された麻美の手紙は、そのことには一切触れていない。手紙は、《近々、猫のミーに会いに支笏湖に行きます》で終わっていた。ふてぶてしい白猫を思い出して、直子は少し笑った。

主な参考文献

「知ってはいけない」「知ってはいけない2」（矢部宏治・講談社現代新書）
「日本はなぜ、「基地」と「原発」を止められないのか」（矢部宏治・講談社+α文庫）
「『日米合同委員会』の研究」（吉田敏浩・創元社）
「警察捜査の正体」（原田宏二・講談社現代新書）
「見えない不祥事」（小笠原淳・リーダーズノート出版）
「全記録　炭鉱」（鎌田慧・創森社）

本書を執筆するに当たって、次の方々に様々なご教授を頂きました。この場を借りて厚く御礼申し上げます。

矢部宏治氏（ノンフィクション作家）
原田宏二氏（元北海道警警視長）
小笠原淳氏（ジャーナリスト　札幌市在住）
稲葉圭昭氏（元北海道警警部）
清水潔氏（ジャーナリスト）

本書はこの方々のご助言に創作を加えたもので、文責の一切は筆者に帰するものです。

青木　俊

青木俊（あおき・しゅん）

1958年生まれ。横浜市出身。上智大学卒。1982年テレビ東京入社。報道局、香港支局長、北京支局長などを経て2013年に独立。著書に『消された文書』『潔白』がある。

本書は書き下ろしです

逃げる女

2021年10月31日　初版第1刷発行

著　者――青木俊
発行者――鈴木崇司
発行所――株式会社 小学館

〒101-8001
東京都千代田区一ツ橋 2-3-1
電話／03-3230-5961（編集）　03-5281-3555（販売）

印刷所――凸版印刷株式会社
製本所――株式会社 若林製本工場